竜王に拾われて魔法を極めた少年、
追放を言い渡した
家族の前でうっかり無双してしまう 2
～兄上たちが僕の仲間を攻撃するなら、徹底的にやり返します～
著 こはるんるん
Koharunrun
イラスト ぷきゅのすけ
Pukyunosuke

竜王の女の子
アルティナ

「焦がしてしまわぬように遠火で焼くのが、
うまい肉を焼くためのコツじゃぞ！」

未来の女王
システィーナ

「カル殿、お久しぶりです！」
突如、少女の甲高い声が聞こえた。
その瞬間、水着姿のシスティーナ王女が、僕の頭上に現れた。

『個体照合――竜殺しプロジェクト【カイン０２】。
アストラル適合率９９．９９８％。
当該個体をマスターと認定し【魔剣グラム】、機能解放します』

追放された少年
カル

Contents

竜王に拾われて魔法を極めた少年、追放を言い渡した家族の前でうっかり無双してしまう２

～兄上たちが僕の仲間を攻撃するなら、徹底的にやり返します～

こはるんるん

GA文庫

カバー・口絵　本文イラスト
ぷきゅのすけ

プロローグ　冥竜王アルティナと港町でデートする

「大漁、大漁じゃな！　カルよ、ついでにうまい物でも食べていかぬか？」

　大量の荷物を背負ったアルティナは、もの珍しそうにあたりをキョロキョロ見回した。

　ここは港町ジェノヴァだ。僕たちが成し遂げた海竜軍団の討伐を祝って、街は連日お祭り騒ぎが続いていた。

「ほれ、あちこちで、カルの活躍を讃える声が響いておる。この中を歩くのは、実に気分が良いのじゃ！」

　アルティナは大きな胸を張って自慢げだ。

　人々は新しい英雄の誕生と、僕を持てはやしていた。ホンのちょっと前までは、考えられない事態だった。

　僕はカル・アルスター。ここハイランド王国で、竜殺しを家業とする名門貴族ヴァルム家に生まれた。

　だけど、僕は生まれつき魔法の詠唱を封じる呪いを受けていた。これを克服するため失われた【無詠唱魔法】を身に付けようと努力してきたけど……父上に愛想を尽かされ、竜が巣くう無人島に捨てられてしまった。

そこで出会ったのが、この少女――冥竜王アルティナだった。

アルティナは15歳くらいの銀髪の美少女だが、その正体はドラゴンの頂点に立つ七大竜王の一柱だった。

僕はアルティナから、本来ならドラゴンしか使えない【竜魔法】を教わり、この港町を襲う海竜の群れを全滅させたのだ。

「もしやカル様と、アルティナ様ですか⁉　うちの串焼きを、ぜひ食べていってくだせぇ！」

屋台の店主が、塩焼き魚を差し出してきた。炭の強火でパリッと焼いた香ばしい匂(にお)いがする。

「ありがとう。えっと……お代はいくらかな？」

「お代なんて、滅相もない！　また漁に出られるようになったのは、カル様が海竜どもを倒してくれたおかげです！　ヴァルム家が頼りにならない今、カル様が率いるアルスター男爵家こそ、あっしたちの希望です！」

僕が財布を取り出すと、店主はブンブンと首を振った。その目には、掛け値なしの尊敬が宿っている。

ヴァルム家を追放された僕だけど、竜退治の功績をシスティーナ王女に認められて、男爵位と領地を賜った。

アルスターとは、過去との決別の意味も込めて、システィーナ王女より頂戴した新しい名前だ。

「おおっ！　ちょうど、小腹が空いておったところじゃ。カルよ、一緒に食べよう！　竜狩りの名門ヴァルム家の領地で、このような歓迎を受けるとは、実に愉快なのじゃ！」

　アルティナは遠慮なく塩焼き魚を頬張る。

「アッチチチ！　おっ、うまいではないか⁉　火傷せぬように気をつけるのじゃぞ」

　アルティナはいつだって、僕に優しい声をかけてくれた。

　僕は実家を追放されたおかげで、アルティナに出会えた。彼女こそ、僕の家族だ。

　今では実家を追放されて、心から良かったと思っている。

「ホントだ。猫耳族たちとは、また違った調理法だね」

　僕らは舌鼓を打ちながら、並んで歩いた。

「おおっ、ここにも本屋があるではないか⁉　宝の山じゃ！　ここも覗いて見るのじゃ！」

「アルティナは本当に小説が好きなんだな」

　思わず苦笑してしまう。

　僕も本が好きだから、その気持ちはわからなくもないけど……

　アルティナは本屋を巡って、気になった小説を片っ端から買い込んでいた。僕たちふたりでは、もう持ちきれない量だ。

「隠れ家の本は、もう全部読んでしまったからの。引きこもるために、また補充しておかねば。

特に、【追放聖女アリシア】の続刊が手に入ったのは幸運じゃった。これでもう、最終巻が出るまで死ねんのじゃ！」

アルティナが胸をそらす。

僕たちは、これから海竜王リヴァイアサンとの戦いに向かう予定だった。

海竜王に国を奪われた海底王国オケアノスの王女——人魚族のティルテュが、助けを求めてきたのだ。

なら、これはアルティナなりの必ず勝って帰るという願掛けということだ。

「それなら安心してほしい。僕がアルティナを最後まで守り抜く。最終巻は、必ず読めるよ」

「ぬわっ！　ふ、不意打ちで、そんなことを言われたら、ドキッとするではないかぁ⁉」

アルティナはビックリした様子で、顔を赤らめた。

「その想いは、わらわも同じじゃ。システィーナは、ヴァルム家が情けないからと、カルに頼りすぎなのじゃ。わらわが家族として、どんな時でも、カルを守り抜く故に、大船に乗った気持ちでいるのじゃぞ！」

その言葉に、僕はとても温かい気持ちになる。

ここまで僕を想ってくれたのは、母上以外では、アルティナが初めてだった。

「ありがとう。アルティナの呪いを解くために、【オケアノスの至宝】を絶対に手に入れないとね」

アルティナ以外の七大竜王は、盟主である聖竜王エンリルに従って、人間を滅ぼすべく各国に侵攻してきている。

アルティナはこれに反対したために、聖竜王から敵と見做されて、本来のドラゴンの姿に戻れなくなる呪いを受けていた。

だけど、海底王国に伝わる【オケアノスの至宝】があれば、アルティナの呪いを解くことができるんだ。

僕が、海竜王との戦いに挑む最大の理由だった。

「ぬはっ……うれしすぎる！　カルと出会えたことは、わらわの人生、最大の幸運じゃ！」

「それは僕も同じだ。アルティナと出会えたからこそ、僕は魔法の才能を開花させることができたんだ。アルティナから教えてもらった【竜魔法】で、必ずアルティナを救ってみせる」

「……おっ、おぬしっ！　良い男すぎるぞ！」

アルティナは感激に声を震わせた。

その時、素っ頓狂(すっとんきょう)な声が響いた。

「ヒャッハー！　カルとアルティナ！　調子に乗っていられるのもここまでだぜぇ！」

ガラの悪そうな男たちを引き連れてやってきたのはヴァルム家の長男——僕の兄であるレオン・ヴァルムだった。

彼らは武装しており、明らかな敵意があった。

「……レオン兄上、何のおつもりですか？　システィーナ王女殿下から、味方同士争うなと警告を受けていた筈では？」

僕はアルティナを背後に庇いながら前に出た。

「うるせぇ、カル！　お前のせいで、俺の人生はもうメチャクチャなんだよぉ！　一発逆転するためには、ここで冥竜王を倒して、名を上げるしかねぇんだぁああぁッ！」

「ど、どこから突っ込むべきか。こやつ、支離滅裂なことを言っておるの」

アルティナは心底呆れた様子だった。

レオンはかつて天才ドラゴンスレイヤーと呼ばれていたが、それは僕がかけていたバフ魔法のおかげだった。

僕がヴァルム家から追放されたために、その恩恵が受けられなくなったレオンは、次々に任務に失敗し、誰からも愛想を尽かされていた。

「ブヒャヒャヒャ！　今日の俺様には奥の手のコレがあるんだぁ！」

レオンは腰の長剣を引き抜いた。

曇りひとつない見事な刀身が、陽光を反射してきらめく。

「い、嫌な力を感じるのう……それはまさか、伝説の魔剣グラムか？」

「その通り！　てめぇにとっては天敵だろう⁉」

自信満々でレオンが叫んだ。

レオンが手にしているのは竜殺しの魔剣グラム。ヴァルム家の家宝であり、アルティナの母である初代冥竜王を討った剣だ。

これがあれば、アルティナに勝てると思ったのだろうけど……

「レオン兄上、魔剣グラムは父上の剣です。私闘のために勝手に持ち出したりしたら、大目玉では済みませんよ。今なら、まだ間に合いますが……」

「そうじゃ。そもそも魔剣グラムを使ったとしても、おぬし程度の実力で、わらわをどうにかできると思っておるのか？」

「ここは街中だぜ、冥竜王！　お前の強大な【竜魔法】をぶっ放せば、大勢の被害者が出るぜ。カルの配下に成り下がったお前には、そんなことはできねぇよな？」

「……ぐっ。まあ、それはそうじゃが」

「図星か⁉　ヒャッハー！　さすがは天才ドラゴンスレイヤーの俺。今日も知略が冴えまくっているぜぇえええ！」

アルティナが口ごもると、レオンは調子に乗って大笑いした。

できれば穏便に済ませたかったけど、相手がその気なら仕方がない。

「アルティナは僕の家族です。兄上が彼女を攻撃するなら、徹底的に反撃しますが良いのですか？」

「あっあーん？　たかが、バフと読心魔法くらいしか使えねぇ癖に、大きく出やがったなカル！」

えっ……何を言って？

あれ、そういえば、レオンの前では【竜魔法】はおろか、攻撃系の魔法を使って見せたことが無かった。

もしかしてレオンは僕の魔法の腕前を、未だに勘違いしている……？

「おい、お前らカルをやっちまえ。その間に、俺は冥竜王をやる！」

「わかりました。では、レオン兄上たちには、痛い目に遭ってもらいます」

僕は怒気を発した。

「ハッ、痛い目だって？　武器も無いのにどうやって？」

レオンに雇われた傭兵と思わしき男たちは、嘲笑を浮かべた。

僕は【ウィンド】の魔法で、男たちの腰の剣を真っ二つに切り裂く。

彼らの笑みが一瞬で、凍りついた。

「なっ⁉　け、剣が……てめぇ、何をしやがた⁉」

「これは、まさか風の魔法⁉　詠唱をしなかったぞ……ッ⁉」

男たちは化け物にでも遭遇したかのように僕を見た。

「魔法には詠唱が絶対に必要。それが世間の常識じゃが、カルには通用せんぞ。カルは失われた【無詠唱魔法】の使い手じゃからな」

アルティナが誇らしげに胸を張った。

それだけでなく、僕は【ウィンド】の扱いにさらに磨きをかけ、対象物のみを瞬時に切断できるようになっていた。

これもアルティナとの修行のおかげだ。

「レ、レオンの旦那、話が違うじゃねぇか!? この小僧は、強いドラゴンを配下にしているだけのクソ雑魚(ざこ)じゃなかったのか!?」

「それが伝説の【無詠唱魔法】の使い手だなんて、聞いてないですぜぇ!?」

男たちは動揺して、レオンに詰め寄る。

「そ、そそそんなバカなぁ!? こんな短期間で、こんなすげぇ風の魔法が使えるようになる訳が!?」

すげぇ風の魔法って……これは基礎魔法【ウィンド】なんだけどな。

「おぬしたち、海竜を討伐した英雄に対して、ずいぶんなあいさつじゃのう。返礼に拳(こぶし)をくれてやろうと思うが、どうするのじゃ？」

アルティナが男のひとりから鉄兜(かぶと)を奪うと、それを片手で握(にぎ)り潰(つぶ)した。

「は、はぇッ!?」

少女の外見とは似つかわしくない怪力に、男たちは色めき立つ。

「話が違いすぎるぅううッ!?」

「ちくしょぉおおお！　とにかく、冥竜王さえ殺れば、俺はまた天才ドラゴンスレイヤーの名を欲しいままにできるんだぁあああっ！」

レオンが魔剣グラムを掲げてアルティナに突っ込んだ。

僕はアルティナの前に割って入って、【竜魔法】を使う。

「【竜王の咆哮】！」

「ふげぇえええええッ⁉」

これは相手の恐怖心を煽って、恐慌状態にさせる精神干渉系の【竜魔法】だ。

僕の【無詠唱魔法】の最大の利点は、魔法の詠唱を必要としないために、人間には発音できないドラゴンなどの他種族の魔法も使えることだった。

レオンは悲鳴を上げて、気絶した。

「伝説の魔剣グラムも、バカに使われたのでは形無しじゃのう……」

アルティナが辛辣な感想を述べた。

「そもそも、【竜魔法】には攻撃系以外のモノもあることを考慮に入れておらなかったのか？」

最初からレオンの作戦は、穴だらけだったのだ。

「えっ……一撃？　竜殺しのヴァルム家の嫡男が？」

傭兵たちはその場に這いつくばって、全力で土下座した。

「すみませんでした！　俺たちはレオンの旦那に雇われただけなんです！」

「ど、どうかお許しをぉおおおッ！」

「……今回は許してあげるけど、２度目は無いからね？」

特に被害は無かったので、彼らはお咎め無しにしてあげた。

もっともレオンは、システィーナ王女からの味方同士で争うなという命令を無視したのだ。その報いを受けることになるだろう。

「は、はぃいいい！」

「ありがとうございます！」

男たちは蜘蛛の子を散らすように逃げていく。

「カルよ、わらわをのために、怒ってくれたのじゃな。うれしかったぞ！」

アルティナが僕に寄り添う。花のような良い香りがした。

「僕は母上を守ることができなかった。だから、アルティナのことは、何があっても守りたいと思うんだ」

母上は聖竜王の呪いを受けて、魔法の詠唱ができない僕を産んだ。その後、母上は出来損ないの僕を産んだとヴァルム家でずっと冷遇されながら、その生涯を終えた。

僕にもっと力があったら、母上にそんな辛い思いはさせなかった。それだけが、ずっと心残りだった。

海竜軍団の討伐に成功したと言っても、僕にはまだまだ力が足りない。

アルティナを守るためにもっと【竜魔法】を極めて、さらに上を目指すんだ。

きっと、母上も見守ってくれていると思う。

「おっ、おぬし、本当に良い男すぎるぞぉ！　わらわは大感激じゃ！　もう離さぬぞ！」

アルティナは感極まった様子で、僕をきつく抱き締めた。

公衆の面前なので、ちょっと恥ずかしい。

「うぉおおおっ！　ラムザ一家を叩き潰してくれて、ありがとうございます、カル様！　おかげで、胸がスッとしましたぜ！」

突然、それまで僕らのやり取りを遠巻きに見ていた人々が、大歓声を上げた。

彼らの目は、キラキラとした尊敬と感謝の念で輝いている。

「アイツら、ここを縄張りにしているチンピラで、腕力に物を言わせて、やりたい放題してたんです！」

「なのに領主のヴァルム家は、まったく取り締まってくれないどころか、奴らを率いていたのは、レオン・ヴァルム様ですよね⁉」

「でもカル様のおかげで、奴らも多少は懲りたハズです！　商売道具の剣を軒並みダメにされたら、しばらくデカい顔はできないでしょう！」

「ああっ、ちくしょうぉおおッ！　この街の支配者がヴァルム家じゃなくて、カル様だったら良かったのに！」

すごい熱気を放つ人々に囲まれて、僕はたじろいでしまう。

「ふっふーん！　当然じゃ。わらわのカルは、名君の中の名君じゃぞ！　おぬしら、アルスター島は、今、開拓の真っ最中じゃ！　カルの領民になりたい者は、遠慮なくやって来るが良いぃぃいい！」

「うぉおおおお――――ッ！　ホントですか⁉」

アルティナの宣言に、人々は快哉を叫ぶ。

僕の領地であるアルスター島は、まったくの未開拓地だった。

ヴァルム家を見限って、僕に仕えたいと大勢の水夫たちがやって来てくれたけど、まだまだ人口は200人に満たない。人がやってきてくれるのは大歓迎だった。

「アルティナ、ありがとう。これでまた領民が増えそうだ」

「うむ。カルの役に立てて、わらわもうれしいのじゃ」

僕も声を張り上げて告げた。

「実は、アルスター島の猫耳族が、【猫耳メイド喫茶】を開いてます。料理長は、この冥竜王アルティナ。ウェイトレスは、人魚姫のティルテュ王女が務めていますので、ぜひ遊びに来てください！」

「そんなスゴイ喫茶店が⁉　行きます！　行きますぅぅう！」

「猫耳メイド少女は、皆かわいくて眼福であるぞ！　わらわは毎日、楽しくて仕方がないのじゃ！」

アルティナが胸を張って、満面の笑みを見せる。

「ひゃあああああっ！　聞いてるだけで、天国だあ！」

「アルティナ様の作った料理、食べてみたい！」

「人魚族の王女様が、給仕役って！　すごすぎです！」

予想以上の大反響だった。

僕はアルスター島を開拓、発展させ、アルティナや仲間たちと一緒に楽しく暮らせる場所にしたいと考えていた。

猫耳メイド喫茶は離島であることもあって、まだ全然、お客さんが来てくれていないのだけど、これなら繁盛しそうだな。

きっと、店長である猫耳族のミーナも喜んでくれると思う。

第一章　猫耳メイド喫茶にお客さんがやってくる

「うわ～い！　こんなに、お客さんがやってきてくれるなんて、信じられないにゃ！」

「店長、ホントですにゃ！」

フリフリのメイド服を着た猫耳族の少女ミーナが、大歓声を上げた。他の猫耳メイドたちも、手を叩いて喜ぶ。

ここはアルスター島の猫耳メイド喫茶だ。

オープンテラスのメイド喫茶には、大量のお客さんが詰めかけてきていた。

「まさか、こんなに人がやってくるなんて……！」

厨房にいる僕も、ビックリだった。

昨日の宣伝が功を奏したみたいだけど、これは想像以上だ。

「はい、名物【冥竜王様のドラゴンステーキ】、お待ちどうさまなのにゃ！」

「これは……おおっ、うまぃいいぞぉおおおッ！」

ステーキを一口食べた男が、島中に轟くような歓声を上げる。

他のお客さんたちも、肉の美味さに驚嘆していた。

「店長！　これは、これは……どんな調理法で作っているのだぁ⁉　こんなジューシーで、とろけるように柔らかいステーキは食べたことがない！」

「え、えっと、それはアルティナ様が、【竜魔法】で焼いてますのにゃ！」

恰幅（かっぷく）の良いお客さんに詰め寄られたミーナが、たじたじになって答える。

「なんと⁉　噂の冥竜王殿が？　……で、では、このステーキは世界広しと言えど、ここでしか食べられないということではないかぁッ⁉」

「よし、決めた！　俺（おれ）はこの島に移住するぞ！」

「俺も、俺も！　ここに毎日、ご帰宅する！」

お客さんたちは、かなり盛り上がっていた。

「うむっ、盛況じゃな。じゃんじゃん作るのじゃ！」

厨房ではアルティナが、【竜炎（ドラゴン・フレイム）】で生み出した火炎で、肉を焼いていた。

鉄串に刺した分厚い肉を超強火で、豪快にあぶる。こうすることで、スピーディに火が通り、旨味成分が肉の中にギュッと濃縮されるのだ。

「焦（こ）がしてしまわぬように遠火で焼くのが、うまい肉を焼くためのコツじゃぞ！　カルもやってみるのじゃ」

「なるほど……よし」

【竜炎（ドラゴン・フレイム）】の魔法術式は、一目見て理解できた。本来なら魔法の構築には詠唱を必要とするが、僕は頭の中で魔法文字をイメージして、魔法を組み上げる。

これが詠唱を省略し、他種族の魔法も使用可能になる【無詠唱魔法】だ。

「【竜炎(ドラゴン・フレイム)】！」


ボォオオオオオン！

超火力の炎が僕の手から出現し、肉をあぶった。


「さすがの理解力じゃな。一度で、【竜炎(ドラゴン・フレイム)】をモノにするとは⁉」

「竜言語については、なんとかマスターできたからね」

この島の遺跡で発見した古代文明の魔導書には、竜が使う魔法文字が書かれていた。

これを暗記し、発音はアルティナから教わることで、僕は【竜魔法】が使えるようになったんだ。

「はぁあああッ⁉　今のは火属性の【竜魔法】……？　そんな火力を見せられると自信がなくなっちゃうね」

異母妹のシーダが勝手口から入ってきて、目を丸くした。

燃えるような赤い髪をした美少女だ。

シーダは狩ってきた巨大なイノシシを背負っていた。妹には、食材の調達を頼んでいたんだ。

「カル兄様の得意属性って、やっぱり【火】なんじゃないの？」

「さあ……僕にもわからない」

「カルは【冥】以外のどんな属性の魔法も器用に使えるのじゃ。多分、違うと思うぞ？」

魔法使いは、自分の得意属性を知って、その系統を伸ばしていく。だけど、僕は魔法を使った経験が足りないこともあり、未だに自分の得意属性がわからなかった。

「【冥】以外の６つ全部の属性が得意とか、そういうオチじゃないよね？　カル兄様なら、あり得るかも……」

シーダは顔を引きつらせる。

「いや。得意属性は誰でもひとりにつき、ひとつなのじゃ。いかにカルが天才でも、それは無いハズじゃ」

「それにしても、立派なイノシシを獲ってきてくれたね。偉いぞシーダ」

僕がシーダの頭をポンポンと撫でると、彼女はうれしそうに目を細めた。

「やったぁ！　カル兄様に褒められちゃった！　えへへっ、もっと、撫でて撫でて！」

実家にいた時は、妹とはほとんど言葉を交わさなかった。だけど、シーダがレオンに裏切られて殺されそうになっていたところを助けてから、彼女は僕を強く慕うようになってくれた。

「むっ！　わらわとて調理で貢献しておるというのに、ずるいのじゃ！」

アルティナが肉を焼く手を止めて、僕に抱き着いてくる。

「アルティナ、兄妹のスキンシップを邪魔しないでよ！」

「シーダは早く、次の獲物を仕留めに行かぬか？」

僕を間に挟んで、ふたりの少女はバチバチと睨み合った。

「次の狩りに行くのは、カル兄様に癒してもらって、エネルギーをチャージしてからだね。カル兄様、好き！」

「なにを⁉　わらわの方がもっともっと、カルが好きじゃ！」

「えっ、ちょっと……！」

好きと言われるのは、うれしいのだけど、アルティナとシーダから同時にきつく抱擁されて、たじたじになってしまう。

特に、柔らかい胸を押し付けてくるのはかんべんしてほしい。

「ちょっとぉおおお、アルティナ！　このスカート丈は、やっぱり短すぎるわよ⁉」

控え室から、超ミニのメイド服を着たティルテュ王女が顔を真っ赤にしてやってきた。彼女は美形揃いで有名な人魚族の王女だけあって、ため息が出るほど、美しかった。

真っ白い脚が全開で見えていて、目のやり場に困ってしまう。

「おおっ、良く似合っておるではないか⁉　うむ、バッチリじゃぞ」

「何がバッチリよ！　カル様に恩返しするために、ここで働くことはＯＫしたけど、王女の私

にこれは無いわぁあああ！」

　ティルテュ王女は完全に涙目になっている。

　ちょっと、かわいそうだ。

「……アルティナ、ティルテュ王女は皿洗い担当だし、無理にメイド服を着てもらわなくて良いんじゃないかな？」

「カル様……！　そ、そうですよねぇ！」

　僕が助け舟を出すと、ティルテュはうんうんと頷(うなず)いた。

「いや、カルよ。ここで一気にわらわの猫耳メイド喫茶の評判を高めるために、ティルテュにはウェイトレスも担当してもらうのじゃ！　お客に水を注(そそ)いで、『お帰りなさいませ、ご主人様』と笑顔を振りまいてまいれ！」

「おっ。人魚族は【魅了(チャーム)】の魔力を持っているからね！　すごく効果的なんじゃないの？　ティルテュって、見た目だけは、すごくかわいいしさ」

　シーダも悪ノリして同意する。

「くっ、殺せぇええ！　こんなハレンチな格好で辱めを受けるなんて、死んだ方がマシよぉおおお！」

「何をオークに捕まった女騎士みたいなことを言っておるのじゃ？　そもそも無償で国を救ってもらおうなどと虫の良いことを考えておる上に、ここに居候(いそうろう)して、毎日、ぐーたら過ごしておるのじゃ。少しは働かぬか？」

そういえば、最近のティルテュ王女はアルティナの隠れ家で、蔵書の小説を読み漁ってダラダラ過ごしていた。

海底王国オケアノスに行くための船が修理中であるため、特にやることは無いのはわかるんだけどね……

「そうそう。そんなんじゃ、私たちもティルテュの国を救いたいなんて、思えなくなっちゃうな」

シーダの一言に、さすがにティルテュ王女も顔色を変えた。

「ぐむむむっ！　カル様！　カル様は、私がここでメイドのマネゴトをしたら、喜んでくれますか⁉」

「それは……今は、人手不足だから、とても助かります」

「よっしゃあああ！　これもカル様との明るい未来のため。私はこの屈辱に耐えてみせるわ！」

ティルテュ王女はほっぺたをバシバシ叩いて気合を入れると、店内に出ていった。

「はぇ⁉　なんだ、あの娘は……⁉」

人魚族は、他人に好意を抱かせる【魅了(チャーム)】の魔力を持つ。王女であるティルテュのそれは、とりわけ強力で、お客さんたちの目が瞬時にハートになった。

僕は精神操作系の魔法を防ぐ【精神干渉プロテクト】でガードしているから効かないけど、

魔法の心得のない人にとって、ティルテュの【魅了(チャーム)】は効果てきめんだ。

「い、いらっしゃいませぇ、ご主人様ぁああ！」

ヤケクソ気味で叫ぶティルテュ王女は、無理やり笑顔を浮かべていた。

「……って、何がご主人様よぉおお⁉　私は誇り高き人魚族の王女ティルテュ・オケアノスよ！　私の愛するカル様のため、あんたたち！　この店の食材が尽きるまで、料理を注文して注文して、注文しまくりなさぃいいい！　これは命令よぉおおおッ！」

「はぃいいい！　王女様ぁ！」

ティルテュ王女に命令されたお客さんたちは、喜んで追加オーダーをした。

僕とアルティナは、呆気(あっけ)に取られる。

「……なんというか、これはもはやメイド喫茶のコンセプトを完全に壊しておるの？」

「うーん。まさか【魅了(チャーム)】の魔力がここまで強力とは……」

「きゃははは！　ティルテュってば、おもしろいじゃん！」

シーダはお腹(なか)を抱えて笑っていた。

「ご主人様、お水をお持ちしました……じゃないぃいい！　王女である私が水を下賜(げせん)してやるわ！　ありがたく受け取りなさい下民！」

「はい！　ありがとうございます王女様ぁあああ！」

テーブルにコップを置かれたお客さんは、ティルテュ王女に平伏していた。

もう完全に王女様と奴隷だった。

「にゃ、にゃ！　ティルテュさん、ちょっとやりすぎですにゃ！　もういいから、皿洗いをお願いしますにゃ」

「えっ？　そう？　割と楽しくなってきたのに……」

店長であるミーナに止められて、ティルテュ王女は首をひねりながら、バックヤードに戻ってきた。

「あ、ありがとうティルテュ王女。【魅了（チャーム）】の魔力を商売に使えば、いくらでも稼げそうだけど……洗脳に近いんで、やめておきましょう」

「そもそも主従逆転しておるぞ」

「やった！　カル様に褒められちゃったわ！」

いや、褒めていないって……

無邪気に喜ぶティルテュ王女は、自分のしでかしたことに無自覚のようだった。

「すばらしいぃいい！　この店は何もかもが、パーフェクトだぁ！」

ミーナに肉の調理法を尋ねていた男性が、素っ頓狂な声を出した。

「決めた！　私は決めたぞ！　この島にホテルを建設するぞ！　きっと、この猫耳メイド喫茶を目当てに、国中から観光客がやってくるハズだぁあ！」

「はにゃ!?」

男性に両手を掴まれて、ミーナはビックリ仰天している。

「ご領主殿の海竜討伐で、この海域の安全性は確保されているし……なにより、ヴァルム家に代わる新しい英雄としてのカル・アルスター殿は話題性も抜群！　当たる、これは当たるぞぉおおお！　ビッグチャンスだぁあああ！」

「ご主人様、メイドにお手を触れないでくださいにゃ！」

他の猫耳メイドたちが仲裁に入るが、興奮した男性は聞く耳を持たない。

ここは、僕が出るしかないか。なにより、彼の話には興味を惹かれた。

「すみません。僕がこの島の領主のカル・アルスターです。ここにホテルを建設したいとのことですが……？」

「なんとっ⁉　あなた様が噂の英雄殿！　これは凛々しいお方ですな」

男性は感激した様子で頭を下げた。

「私は商人のタクト・ベルトランと申します。ぜひ、この島への移住と、ホテル建設をお許しいただけないでしょうか？　無論、建設に必要な費用や人員、資材などは、私がすべて自前で用意いたします。カル様にご面倒はおかけいたしません」

「タクト・ベルトランというと、もしかしてあのベルトラン商会の……⁉」

「おや、私の商会をご存知でしたか？　光栄にございます」

ベルトラン商会は貴族の女性相手に宝石や装飾品を売っている新興の商会だった。ヴァルム家にもやってきていたので、知っていた。

「ベルトラン商会は観光分野に進出する予定なのですか？」

「はい。聖竜王の侵功に備えて、領地を持つ貴族の方々は武器や私設軍隊にお金を使うようになってしまいましてな。アクセサリーの売り上げが落ちて、我が商会も別の分野に進出せねば、生き残っていけないのです」

なるほど。貴族は見栄を張るものだけど、命が脅（おびや）かされる事態が身近に迫れば、お金の使い方も変わるだろう。

理由を聞いて、納得できた。

「ホテル建設をしていただけるのは、ありがたいです。ぜひ、よろしくお願いいたします」

「おおっ！　即決とは！　機を見るに敏なお方ですな。さすがは若くして、この土地を王家から任されたお方だ」

「へぇ～。ベルトラン商会と繋（つな）がりを作っちゃうなんて、さすがはカル兄様！」

バックヤードからシーダが出てきて口笛を吹く。アルティナも興味を惹かれたのか、顔を出した。

「これは、ヴァルム家のシーダお嬢様ではありませんか？　相変わらず、お美しい！　そうだ、お近づきの印に、私の手持ちの宝石で、お気に召す物があれば差し上げましょう」

「むっ！　これは、どれも相当な値打ち品じゃのう⁉」

タクトが鞄から出した宝石を見て、アルティナが唸った。

ドラゴンは宝石や黄金に惹かれる性質があるが、アルティナもその例に漏れないらしい。

「……ふむ、ふむ。偽物はなし。どれもホンモノの宝石じゃぞ」

「あなた様は、もしや噂の冥竜王様ですか？　さすがはお目が高い。もしお好みのモノがあれば、喜んでお譲りいたしましょう」

「なぬッ⁉」

アルティナは心を動かされたようだった。

「いえ、さすがにそこまでしていただく訳にはまいりません。宝石やアクセサリーが必要になったら、適正価格で買わせていただきます」

「ほう……っ！」

僕が断ると、タクトは目を見張った。

下手をすると賄賂を受け取ったことになる。

僕は実家にいた頃から、様々な本を読んで学んでいた。

『タダより高いものはない』と。

今後のベルトラン商会との付き合いを考えれば、受け取るべきではないだろう。

「清廉なご領主様ですな。これは大変失礼いたしました」

タクトはうやうやしく頭を下げた。

「本当に、この島の方々がうらやましい。カル様ほどの方に統治していただけるとは……今後とも、どうかよろしくお願いいたします」

「うむ、当然じゃ！　カルは領主としても最高であるぞ！」

「にゃ、にゃ！　カル様はミーナたちのヒーローにゃ！」

「あっ、そういうことか。危ない危ない！　カル兄様は、やっぱり頭が良いね」

みんなが、一斉に僕を褒めたたえた。

やっぱりこの島にやってこれて良かった。

ヴァルム家では、僕は魔法が使えない欠陥品のレッテルを貼られて、何をしても、どんなに努力をしても認められることは無かった。

だけど、ここにやってきてからは、そんな色眼鏡で見られることはなく、僕を必要としてくれる家族や仲間に恵まれている。

そんなみんなのためにも、僕はここをどんどん発展させていくぞ。

第二章　竜殺しの魔剣グラム

【兄レオン視点】

「レオン殿に国外追放を命じます」

「はぁ⁉」

システィーナ王女が、心底蔑(さげす)んだような表情で告げやがった。

父上と一緒に、王宮の応接間に呼び出されたと思ったら、いきなりコレだった。

「お、おおお待ちください王女殿下！　その儀ばかりは……⁉」

最近、すっかりやつれた父上が、慌てて頭を下げて許しをこう。

「なりません。もし同じ問題を起こしたら、決して容赦しないと、わたくしは申しましたわよね？　……それ以前に、今の我が国の状況を本当に本当に、理解しておられますか？　冥王竜アルティナは、もはや我が国の守りの要ともいうべき存在なのですよ？」

システィーナ王女の声音は、どこまでも冷ややかだった。

「そのアルティナを害そうとは……ヴァルム家は、我が国を滅ぼそうとしているとしか思えません。そうでないなら、そこの愚か者を即刻、追放なさい！」

あっ、やべぇ。

これは取り付く島もねぇぞ。

システィーナ王女はもう完全にカルとアルティナを信頼しきっているようだった。

冥竜王は300年前に世界を滅ぼしかけた邪悪なドラゴンだろうが。

アルティナはその娘らしいが、いつまた人間に牙を剝くかわからねぇぞ。今のうちに成敗しちまった方が、良いに決まってんだろうが、あっあーん⁉

俺はそう口に出しかけたが、システィーナ王女の顔色を見て、賢明にもやめておく。

かわいい顔をしているのに、マジで怖かった。

「これはレオン殿を国外追放してほしいという、貴族令嬢たちからの嘆願書です。みんなあなたの悪行には、うんざりしているのですわ」

システィーナ王女がテーブルの上に置かれた箱を逆さにすると、ドサドサと大量の手紙がぶちまけられた。

「げ、マジかよ……」

差出人は俺がモテるために、自作自演で竜に襲わせた女たちだ。

「レオン、お前はなんという……またしても、なんということをしてくれたのだ⁉　せっかくこの俺が、お家の再興のために心を砕いていたというのに……！」

「あ、いや、だから、冥竜王をやっちまえば、俺の名声はまたうなぎのぼりになると思って……！」

冥竜王アルティナを信用していない奴(やつ)は、まだ国内にそれなりに多い筈だ。

なのに、ちくしょう！　なんで俺がこんな目に、遭わなきゃならねぇんだ。

本来なら、俺はシスティーナ王女の婚約者となって、ウハウハだったハズなんだぞぉおおお！

これも全部、カルとアルティナが悪いんだぁ！

「バカがぁああッ！　お前の行為は、もはや王国への反逆だぁ！　我が栄光なるヴァルム家を滅ぼすつもりかぁあああ⁉」

「ぶけぇえええ⁉」

父上は俺を本気でぶん殴る。

俺は吹っ飛んでいって壁にめり込んだ。

「しかも、家宝の魔剣グラムを勝手に持ち出しおってぇえええッ！　もし奪われでもしたら、どうするつもりなのだ⁉」

「親子喧嘩(けんか)はそのくらいにして、本日中にレオン殿は、この国から出て行ってください。従わないなら、騎士団に命じて強制退去させます」

「お、王女殿下、なにとぞ、お許しをぉおおお⁉」

父上はテーブルに額をこすりつけて、平謝りしていた。

「邪魔をするぞ」

その時、ノックも無しに応接室に入ってきた男がいた。

王弟殿下だ。豪奢（ごうしゃ）な服に身を包み、たくさんの護衛の騎士を引き連れていた。

「伯父様……？」

システィーナ王女が訝（いぶか）しげな顔をする。

「システィーナよ。レオン殿を追放すると聞いたぞ。いくらなんでも、それは早計ではないか？」

「これはすでに取り決めがされていたことです。いくら叔父様でも、口出し無用に願います」

「ヴァルム家のこれまでの功績を考えれば、厳しすぎる措置ではないか？　ワシの顔に免じて許してくれぬか？」

やったぜ。俺様は内心で口笛を吹く。

王弟殿下は、この前の不祥事の際もヴァルム家の味方をしてくれた。父上と王弟殿下は仲が良いからな。

「そんな横紙破りな……！」

システィーナ王女は怒気を発して、立ち上がる。

「王女殿下のお怒りは、ごもっともですわ」

それまで父上の隣で、涼しい顔で座っていたセルビアが口を開いた。

……ゾッとするような人間離れした美貌を持つコイツは、父上が急遽、養女としてヴァルム家に迎え入れた小娘だ。

なぜ、そんなことをしたのかは……見当がつかねぇこともねぇ。

チッ、要するに俺のスペアって、ことだろう。シーダがカルのところに行っちまったからな。

「では、今後、ヴァルム家はカル・アルスター男爵の海竜王討伐を全面的に支援させていただくということで、いかがでしょうか？　それをもって、今回の不始末をお許しいただきたく存じます」

「あなたは……？」

システィーナ王女は怪訝な顔をする。父上を差し置いて、ヴァルム家の方針を決めるようなことを口にしたのだから、無理もねぇ。

「ごあいさつが遅れましたわ、システィーナ王女殿下。私はセルビアと申します。ヴァルム家の遠縁に当たる者です。この度、ヴァルム家に養子として迎え入れられました」

「う、ううむ、そうです……！　セルビアは頭の良い娘で、私の相談役になってもらっております」

「けっ、何が相談役だ。俺はコイツなんぞ、認めて……」

「お前は黙っておれ！」

口を挟もうとすると、父上にピシャリと跳ね除けられた。

俺が今回、魔剣グラムを持ち出してまで、自分の有能さをアピールしたかったのは、セルビアが現れたからだ。

こいつに、ヴァルム家の跡取りの座を奪われてたまるか。

「全面的に支援というと……？　具体的にはどういうことですか？」

システィーナ王女は多少、興味を惹かれたようで身を乗り出した。

カルにベタ惚れしているこの王女は、カルを手助けしたくてたまらないのだ。

ちくしょうぉおお！　ムカつくぜぇシスティーナ王女めぇええ！　せっかく俺が好きになってやったってのに、他の男になびくなんざ、ぶっ殺してやりたくなるぜ。

だが、壁にめり込んでいる俺は、文字通り手も足も出せない。

「……そうですね。竜殺しの魔剣グラムをカル・アルスター様に差し上げますわ」

「はぁっ⁉」

父上とシスティーナ王女が目を見張った。

それが意味するところはひとつだ。

「ふざけんな！　カルをヴァルム家の正統なる後継者として認めるってことかぁあああ⁉」

俺は絶叫した。

※※※

ここはアルスター島の浜辺だ。

「……わらわの見間違いかの。【竜光牙（りゅうこうが）】が、7発同時に出たように見えたのじゃが？」

アルティナが、引きつった笑顔を浮かべる。

僕は彼女が教えてくれた新しい竜魔法を、さっそく試してみたのだ。海竜王との戦いに備えての修行だった。

「対空迎撃用の魔法だから、敵の逃げ場を塞（ふさ）ぐように、7発同時に発射してみたんだけど……もしかして何か間違っていたかな？」

雲を貫いた光の矢を見送って、尋ねる。

これは空を飛ぶ敵を撃ち落とすための雷属性魔法だ。

その目的により適（かな）うように、アレンジしてみた。

「うゎ～ッ。あの高度まで届くなんて、すさまじく射程の長い魔法だね。しかも、雷属性だから弾速も早いし。こんなのが7発同時に飛んできたら、私のルークじゃ回避できないよ……」

異母妹のシーダが、もし自分ならどう避けるかという想定で話す。

彼女の相棒の飛竜ルークが、怯（おび）えたように鳴いた。

シーダは海水浴がしたいと、腰にパレオを巻いたビキニ水着姿になっていた。

彼女はパラソルとチェアを持ち込んで、ここをプライベートビーチに改造して楽しんでいる。完全に島での生活に馴染(なじ)んでいた。

「ま、間違ってはおらぬ。むしろ、正解を超えた大正解じゃが……7つの魔法を同時並列で処理して発動したということかの？」

「海竜フォルネウスが魔法を同時詠唱しているのを見て、できるかもしれないと思ってやってみたんだ。術式のシンプルな魔法の多重発動なら、なんとかなるんじゃないかって」

実現はできたけど、脳にかかる負荷は予想以上だった。

そのため、命中精度が犠牲になってしまった。まだまだ改良の余地があるな。

「ぐっ、同時詠唱は、複数の頭を持つ多頭竜だからこそできる芸当じゃぞ？　うむ……カルに常識が通用せぬことが、改めてわかったのじゃ。とりあえず、この新魔法は【七頭竜光牙(しちとうりゅうこうが)】と名付けよう」

「はぁ、私、カル兄様の敵にならなくて、つくづく良かったよ」

シーダが安堵(あんど)したように息を吐いた。

「いや、当たらなければ意味無いし。もっとうまくコントロールをするために練習が必要だと思う。ティルテュ王女、今度は岩を7つ飛ばしてください！」

「な、7つですか⁉　わかりましたぁ！　せーの！」

ティルテュ王女が【水流操作】で、海水を噴射させ、その勢いで海底の小岩を7つ上空に飛ばした。

僕はその岩に向かって【七頭竜光牙（しちとうりゅうこうが）】を発射する。手より放たれた7つの雷の矢が、6つの岩を砕いて消滅させた。

ひとつは外したけど、ちょっとコツが掴めたかも知れない。

「おおっ、見事じゃな！」

「すごぃ！」

今度からは、これを基本技にしようかな。

先の戦いでゲットした【古竜の霊薬】を飲んだおかげで、魔力量（MP）がさらに高まっていた。

魔力節約のために【ウインド】主体で戦うスタイルから脱却できそうだ。

「カル兄様の戦闘力のインフレが半端（はんぱ）じゃない！　これは遊んでいる場合じゃないかもね……」

シーダは何やら考え込んだ。

「ねぇ、カル兄様、私にも無詠唱魔法を教えて！　そしたら、私も【竜魔法】が使えるようになれるよね⁉」

「もちろん、僕もそれを考えていた。詠唱に慣れていると難しいかもしれないけど……まずは基礎魔法を無詠唱で使えるように練習してみようか」

「やったぁ！　これで私も人類最強の仲間入りだ！」

シーダはうれしそうにガッツポーズをした。

妹も魔法を覚えるのが好きなようだ。それは反骨心と強さへの憧れから来ているようだけど。

「カル様！　軍船の修理と物資の積み込みが終わりましたにゃ！　これでいつでも出撃できますにゃ！」

猫耳族のミーナが尻尾を振りながら、走ってきた。

この前の海戦で、僕たちの軍船は船体にダメージを受けた。【水流操作】で無茶な加速をしたためだ。そのための修理に時間を食っていた。

「やったわ！　ついに、ついに海底王国オケアノスへ向かう準備が整ったのね！」

ティルテュ王女が目を輝かせる。

彼女としては、一刻も早く国を救うべく戻りたいところなのだろう。

「猫耳族、あなたたちも御苦労だったわ。褒美にこの私が、海の宝石【オケアノスの真珠】を与えてやるから喜びなさい！」

「にゃ!?　ミーナは真珠なんかよりも、美味しいお魚が欲しいのにゃ！」

「ね、猫に小判ってことかしら？　【オケアノスの真珠】は、世界中の王侯貴族の憧れの的だっていうのに……」

色気より食い気なミーナの返答に、ティルテュは面食らっていた。

僕は苦笑しつつ、妹に告げる。

「シーダ、無詠唱魔法の本格的な修行は、オケアノスから帰ってきてからになるね」

「うん、カル兄様。私もついて行って思い切り暴れてやるから、期待してね」

「ミーナも無詠唱魔法が使えるにゃ。先輩として教えてやってもよいにゃ！」

ミーナが得意そうに胸を張った。

「ええっ⁉　猫耳族が無詠唱魔法って……よっぽどカル兄様の教えが、上手かったんだね。驚いた！」

「くぅっ、カル様！　ぜひ私にも無詠唱魔法を教えてください！　人魚族にも広めて、海竜に対抗できるようにしたいです！」

ティルテュ王女までも僕に教えを請うてきた。

何か仲間外れにされたくないような雰囲気で、勢いで言ってきている感じだけど……

人魚族にまで教えるべきかは、外交的な問題が絡んでくるので、うかつに返事ができない。

「わかりました。今度、システィーナ王女に相談してみます」

「無詠唱魔法の修行は、カル様に頭をなでなでしてもらえるから好きにゃ！」

「えっ⁉　カル様に頭なでなで⁉　そんな美味しいことが修行なの⁉　うわぁあああ！　カル様、今すぐ修行をつけていただいてよろしいですか⁉」

ティルテュ王女が僕にくっついて、頭を突き出してきた。

絶世の美少女である人魚姫に無防備に触れられると、心臓が止まりそうになる。

「いや、ちょっと待って！」

「むっ！　カル兄様には、私が最初に修行をつけてもらうんだよ！　戦力的にも私が一番役に立つんだから私が優先だよね、カル兄様！」

シーダが僕に抱きついて、ティルテュ王女が僕に触れられないようにブロックした。

「ずるいにゃ！　ミーナはまたカル様に頭なでなでしていただきたいにゃ！　ミーナはもっともっと強くなって、カル様のお役に立ちたいにゃ！」

「私だって、人魚族の存亡がかかっているのよ⁉」

「ちょっと、キミたち⁉」

ミーナが僕の右腕を引っ張って、うれしそうに尻尾を振る。ティルテュ王女は、僕の左腕を摑み、３人の女の子たちは必死になって僕を奪い合った。

特にシーダとミーナは少女とは思えない腕力の持ち主であるため、僕はよろめいてしまう。

「おぬしたち、やめい！　カルが困っておるではないか⁉」

アルティナが【竜王の咆哮（ドラゴンシャウト）】を放った。

轟（とどろ）く威圧的な咆哮に、女の子たちは身をすくませる。

僕はその隙に、彼女らの拘束から離れた。

「あ、ありがとう、アルティナ。助かった」

妹はともかくとして、ミーナとティルテュから身体を密着されると非常に困る。鼻血が出そうだ。

「うむ、家族として当然なのじゃ。それにしても、デレデレしすぎじゃぞ。わらわという者がありながら……」

アルティナは、なにやら不満そうにぶつくさ言っていた。

「私の【精神干渉プロテクト】が簡単に突破された？　この場でカル兄様に次ぐ実力者は、やっぱりアルティナか……」

シーダがなにやら悔しそうに歯軋りしている。

「でも、カル兄様が一番好きなのは、やっぱり血が繋がった妹である私だよね？」

と思ったら、シーダは甘えたように僕に身を寄せてきた。

「何を言っておるのじゃ。わらわとカルは同じベッドで寝たり、一緒にお風呂に入ったりするほどの仲じゃぞ！」

「そんなの妹の私だって、やったことがあるよ！」

「ミーナは、カル様の一番弟子にゃ！」

「私はカル様とキ、キキキ、キスした程の仲よ！」

「いや、それは救護活動ですからね!?」

ティルテュ王女が最後にトンデモナイ爆弾を投げたので、慌てて訂正する。他の女の子たちの目が、一斉に吊り上がったような気がした。

その時、飛竜にまたがった竜騎士ローグが、血相を変えて飛んできた。

「カル様、こちらにおわしましたか⁉　大変です！」

「えっ？　何か緊急事態でも？」

「はっ！　お父上が！　ヴァルム家当主ザファル殿が、海竜王リヴァイアサン討伐に同行したいと面会を求めております！」

ローグの後ろより姿を見せたのは、白銀に輝く聖竜に乗った父上だった。

悠然と父上は、僕たちの前に降り立つ。

「……カルよ。久しぶりだな。ヴァルム家はこたびの海竜王討伐に全面的に協力させてもらうことになった。わだかまりを捨て、この父と手を携えようではないか？」

「はっ？　寝言は寝てほざくのじゃな！」

アルティナが父上の申し出を一刀両断した。父上はその剣幕に気圧(けお)される。

「カルを捨てておきながら、今さら何を言うか⁉」

「……父様、厚顔無恥にも程があるよ」

「そうにゃ！　ミーナたちの村を襲撃させたのはお前なのにゃ！　絶対に許さないのにゃ！」

シーダが肩を竦(すく)め、ミーナが猛反発する。

「あっ、でも漁船をありがとうにゃ！　武器も使わせてもらっちゃってますにゃ！　このナイフなんか何でもスパスパ切れて最高にゃ。できれば、もう一本欲しいにゃ！」

「ぐっ、そ、それは何より……先日の不幸な行き違いについては、システィーナ王女殿下のご配慮により、和解にいたることができて重畳だ」

父上は僕に右手を差し出してきた。

「カルよ。海竜王の討伐は、民を安んじるために必要なこと。ここは遺恨を水に流して、手を組もうではないか？　お前を欠陥品扱いしていたことも、間違いだったとわびよう」

「父上、不幸な行き違いですか？　今のお言葉は残念ながら容認できません。僕はここの領主となりました。領民を庇護する立場です。猫耳族の村を襲った件について、謝罪を口にせずに済まそうというなら、父上を信用することはできません。同行はお断りさせていただきます」

これまでの件は、王家の介入もあり手打ちは済んでいる。だが感情的なわだかまりが、僕たちの側には残っていた。

シーダはヴァルム家の跡目争いの末に殺されかけ、僕を頼ってきた。猫耳族も軍船のクルーとして同行する以上、ケジメはつけておかねばならないと思う。

「な、なんだとカルよ！　それが父に対する口のきき方か？　手柄を立てて増長しおったか⁉」

父上は威圧的に僕を睨みつけた。

それでわかった。

やっぱり父上は何も変わっていない。同行は危険だ。

僕はこの島に来てからの経験で、安易に他人を信用すると危ないということを学んだ。

僕の判断が部下たちの命を左右する以上、いくら戦力になろうとも信用できない人間を同行させる訳にいかない。

「今はアルスター男爵として、ヴァルム伯爵様とお話しさせていただいています。父上とお呼びしたのは、間違いでしたね。今後はヴァルム伯爵様とお呼びいたします」

「ぐうっ……」

「カルを追放しておきながら、今さら父として敬えとは都合が良すぎではないか？　そもそも、それが人に物を頼む態度か？　不愉快なのじゃ！」

「……ぬぐっ！」

アルティナからも怒声を浴びせられて、父上は言葉に詰まる。

「あのね父様、カル兄様の軍船のクルーは、猫耳族とヴァルム家から出奔してきた者たちが大半なんだよ？　そんなエラソーな態度で協力関係なんて結べると思うの？　お呼びじゃないから、栄光のヴァルム家に帰りなよ」

シーダも呆れたように告げた。

「……そ、そうだな、すまなかった。アルスター男爵領を襲撃した件について、深く謝罪しよう」

　父上が唇を噛（か）みながら、僕に頭を下げた。

　僕は若干の違和感を覚えた。父上は僕とシーダを見下していた。僕たちに反論されて、意思を曲げるのはおかしい気がする。

「その剣は、竜殺しの魔剣グラムですよね？　その剣を万が一にも、アルティナや僕の飛竜に向けられたら、たまりません。その剣を決してこちらに向けないという証を立てていただけますか？」

「うむ、その通りなのじゃ。実際にあの愚か者のレオンがしでかしたからのう。うっ……嫌な魔力を宿しておるのう。その剣は、やはり、わらわにとって天敵なのじゃ」

　アルティナが顔をしかめる。

「それができないなら、申し訳ありませんが、やはりヴァルム伯爵様の同行はお断りさせていただきます」

「むぐぅ……ッ！」

　父上は背後の聖竜に目配せした。

　聖竜は何か承諾するように頷（うなず）く。

　なんだろう？　配下の竜と、相談でもしているのか？

「……わかった。今さら、この俺を何の保証もなく信用しろというのも厚かましい話だ。この魔剣グラムをお前に差し出そう」

父上は腰に吊った家宝の剣を差し出してきた。

家名を何より重視する父上が、魔剣グラムを手放すとは、到底、信じられなかった。

「えっ、本気⁉」

シーダも目を丸くする。

「これはヴァルム家当主に代々受け継がれる魔剣のハズ……これを僕に譲るというのですか？」

「そうだ。これで俺は最大の武器を失った。お前を裏切って勝てる可能性は、激減したハズだ。少なくとも、そこの冥竜王を騙し討ちすることはできなくなった」

父上は殊勝に述べる。確かにその通りだ。

ヴァルム家はレオンの失態により、評判が急落している。父上としては、海竜王の討伐に加わり、とにかく名声を取り返したいのかもしれない。

でも何か怪しい気がする……

読心魔法で、父上の本音を探ろうとするも、心の声が聞こえてこなかった。さすがというべきか、かなり高度な【精神干渉プロテクト】をかけているようだ。

いや、この魔力の流れは……どうやら背後の聖竜が、父上の【精神干渉プロテクト】を強化しているみたいだ。聖竜は回復や防御を行う聖属性魔法を得意としている。

それにしても、アレが父上の自慢の聖竜か。間近で見たのは初めてだった。かなり強い力を感じる。

「海竜王リヴァイアサンの首を取ることは、何よりも優先する。我が国、最高戦力で挑まねばならぬ。王国のため、どうか、わだかまりを解いてはくれぬか？」

最大の武器を差し出され、王国のためにわだかまりを解きたいとまで言われたら、断るのは難しかった。

もし断れば、僕の王国への忠誠を疑われかねない。新興の貴族家としては、避けたい事態だ。

「……わかりました。そこまでおっしゃるなら」

「ちょっとカル兄様、本当に父様の同行を許しちゃうの？」

シーダが僕に耳打ちしてきた。

無論、完全に信用しきるのは危険だ。

「竜騎士ローグを父上の護衛につけさせていただきます。それと船室に余裕がありませんので、ヴァルム家から同行を許すのは父上だけです」

「なるほど、それなら安心じゃのう。さすがはカルじゃ！」

「わかった。感謝する」

父上が頷いた。

ローグを護衛と称して監視につければ、万が一にも僕たちの妨害めいたことはできないだろう。それと……

『シーダ、父上の側にいて、目を離さないようにしておいて』

僕は他人に聞こえないように、心の声を魔法でシーダに届けた。読心魔法の応用だ。

「任せておいてカル兄様」

シーダが小声で返事をする。

実の娘ならば、父上の近くにいてもおかしくはない。二重に監視をつけておけば、大丈夫だろう。

と思ったら、シーダはトンデモナイ要求を父上に突きつけた。

「父様！　父様は今から私の部下ってことで勝手な行動は取らないでね。敵が出現したら、その聖竜と一緒に真っ先に出撃して戦うこと！　もし裏切ったら、背中からズドンだからね。もちろんトップであるカル兄様の命令には絶対服従だよ！　死ねと言われたら、ハイ喜んで！と、死ぬ。ＯＫ？」

「な、なんだ、それは⁉　まるで戦争奴隷ではないか……ッ！　俺は共同戦線を持ちかけたのだぞ⁉」

父上の配下の聖竜も、慌てて抗議するように鳴いた。「おい、こら待て」とでも言いたげな雰囲気だ。

「おおっ！　その通りなのじゃ。そうしないと、元ヴァルム家の者や猫耳族は納得しないじゃろうからの！」

　アルティナも、これに乗っかった。

「ヴァルム伯爵殿、話はすべて聞かせていただいているわ。人魚族の王女としても、あなたがカル様に絶対服従を誓わないなら、海底王国への入国は認めないわ！」

　ティルテュ王女まで、援護射撃してきた。

　父上は困り果てたように聖竜と視線を合わせる。聖竜は不承不承といった様子で、頷いた。

「ぐぅ……！　竜殺しのヴァルム家当主として、この戦いに参加せぬ訳にはいかぬ！　カルの命令に全面的に従うことを誓おう」

「ＯＫ。もし不服従があったら、その瞬間、船から放り出すからね。命令に従わないような部下はゴミ。父様の言葉だよね？」

「む、無論だ！　最前線で戦ってやる！」

　半ばヤケクソで、父上は承諾した。

　プライドの塊のような父上が、ここまで言われて付いてくるとは、かなり意外だった。

　それほど手柄を立てて、ヴァルム家の栄光を取り戻すことに固執しているのだろうか。それとも、なにか邪魔な僕たちを潰す企てがあるのだろうか？

　でも、ここまで有利な条件を引き出せれば安心だ。

　父上は戦闘中、無防備な背中を僕たちにさらすことになる。まず悪さはできないだろう。

それに魔剣グラムという強力な武器が手に入ったのも幸運だった。

魔剣グラムはなぜか僕の手に馴染むような気がした。

その夜、僕はアルティナの隠れ家で、気泡風呂に浸かっていた。

湯船の側面から、気泡入りのジェット水流が噴出されて、これがたまらなく心地よい。

「ふぃ〜〜。生き返るなぁ……」

アルスター島の地下にあるこの隠れ家は、２０００年前に滅んだ古代エレシア文明の遺跡だ。

驚くべきことに、まだ機能が生きており、アルティナは聖竜王から身を隠すために、ここにずっと引きこもっていたのだ。

「カル殿、お久しぶりです！」

突如、少女の甲高い声が聞こえた。

その瞬間、水着姿のシスティーナ王女が、僕の頭上に現れた。

「ぶぅッ⁉　お、王女殿下⁉」

システィーナ王女は、盛大に水しぶきを散らしながら、僕に抱きつく。

あまりのことに理解が追いつかない。

「えっ？　なぜここに……⁉」

「以前、ここにうかがった際に、この場を『転移クリスタル』の出口にできるように座標を設定したのです。ここでなら、二人っきりで秘密の会話をするのに、適していますからね」

いたずらっ子のように微笑む彼女に、僕の心臓は破裂寸前だ。

「竜騎士ローグから、カル殿はいつもこの時間帯にご入浴だと聞いてやってきたのです」

システィーナ王女は、聖竜王に対抗するために古代エレシア文明の魔法技術を研究、復活させようとしていた。

彼女の持つ【転移クリスタル】は古代文明の遺物だ。空間同士を繋いで、離れた場所まで瞬時に移動できる特別なアイテムだった。

「秘密の会話？　何か、他人に聞かれては、不都合なお話ですか……？」

お風呂場は確かに防音性があるけど……ここで密談？　発想が突飛過ぎるような。

異を唱えようにも、システィーナ王女の豊満な胸を押し付けられて、思考が真っ白になってしまう。

「はい。ザファル殿は、本当に魔剣グラムをカル殿に譲り渡したのですか……？　それをもって、レオン殿の国外追放を許して欲しいと、ヴァルム家から申し出があって、わたくしは一笑に付したのですが……」

システィーナ王女は真剣な眼差しになった。

「明日には、カル殿は海底王国に旅立たれてしまうので、どうしても直接お話したくて参りました」

「はい、本当です。そればかりか、海竜王討伐のために、父上は僕に同行を願い出ました。しかも、僕の命令に絶対服従すると」

「まさか、あのプライドの高いザファル殿が、そこまでするとは……信じられませんわ。一体どういう心境の変化でしょう?」

システィーナ王女は首をひねった。

それは、僕も同感ですけど……

えっと、王女殿下、さっきから水着の薄い布ごしに、大きな胸が密着しているんですが。

「それで、その申し出を受けられたのですね?」

「はい。相手は七大竜王の一柱です。戦力が増えるに越したことはありませんから。無論、父上には監視をつけてあります」

なにより、父上が僕との和解を本気で考えてくれているのなら、応(こた)えたいという気持ちもあった。

「実は魔剣グラムをカル殿に差し出すと、わたくしに申し出たのは、ザファル殿が養女にしたというセルビアという少女なのです。ヴァルム家の遠縁に当たるらしいのですが……彼女について、何かご存知ですか?」

「……いえ、まったく」

父上が養子に迎えるとするなら竜殺しについて相当な才能を持つ娘だと思う。

だけど、セルビアという名前には、まったく聞き覚えが無かった。

「ザファル殿はセルビアを相談役にしているとか……何か、あの少女に頭が上がらない印象を受けました」

「えっ……血統を重んじる気位の高い父上が、養女を重用するのは、確かに不自然ですね」

異母妹のシーダを母親の身分が低いということで、冷遇していた父上だ。

それにセルビアを後継者に据える考えなら、レオンの国外追放を受け入れても良さそうな気がする。

そのセルビアという少女には何かありそうだ。

もしかすると、父上は何か弱味でも握られているのか？

「ちょっと気になるので、セルビアについての情報収集を、王女殿下にお願いしてよろしいでしょうか？」

「もちろんです。ただ、わたくしの暗殺を計画した首謀者の尻尾がようやく掴めました。これから、動かぬ証拠を突きつけて、王宮内の膿を一掃するつもりです。手が足りず、そちらの仕事が終わってからになってしまいますが……」

「はい。もちろんです。そちらを優先なさってください」

失われた無詠唱魔法を復活させるために、僕を校長とした魔法学校を設立しようとするなど、システィーナ王女は急進的な改革を推し進めている。それ故に彼女には、敵も多かった。

特にシスティーナ王女の改革によって既得権益を奪われる魔法使いたちからは、目の敵にされているようだ。

システィーナ王女は国のために身を粉にして働く、立派な女性だと思う。

僕はできればシスティーナ王女の力になってあげたい。

無詠唱魔法の使い手である僕が海竜王討伐を成し遂げれば、システィーナ王女の理想の実現にも大きく貢献できるだろう。

「それと、王女殿下。エレシア文明の【魔法基礎理論】の現代語訳はだいぶ進みました。お風呂から出たら、お渡ししますね」

「これはありがたいですわ。カル殿のおかげで、古代魔法文明の解明も一気に進みますね。まさにカル殿こそ、我が国の救世主です！」

システィーナ王女は、感激した様子だった。

「それと……人魚族についてなのですが、わたくしは古代エレシア文明が、人間を改造して人工的に誕生させた種族ではないかと、仮説を立てています」

「えっ？」

「すべての魔法と呪い（のろ）を無効化するという【オケアノスの至宝】。カル殿を救世主だと告げた海神の存在、いずれも現代魔法の常識を超越するモノです。わたくしの【転移クリスタル】と同種のオーバーテクノロジーで創り出されたモノだと考えれば、辻褄が合いますわ」

確かに、そうかしれない。興味深い話だった。

「海底王国オケアノスを訪れた地上の人間は、ほとんどいません。カル殿、もしよろしければ、人魚族の文明について、後で教えていただけませんか？　古代エレシア文明の流れを組んでいるかもしれません！」

システィーナ王女の古代文明への情熱は、やはり相当なモノだな。だが、同時にこの仮説については、ティルテュ王女には伝えない方が良いだろうな。

人魚族が古代文明によって誕生させられた人工的な種族であるなどと知ったら、気位の高いティルテュ王女は気を悪くするかもしれない。

その意味では、システィーナ王女がお忍びでやってきたのは正解だろうけど……

「……わかりました。では、そろそろ上がりませんか？」

この密着状態を長時間続けるのは、しんどい。

「今夜は、つかの間の安らぎのひととき。しばらく、このままでいさせていただいて、よろしいでしょうか？」

システィーナ王女は僕をギュッと抱きしめてきた。彼女の瞳は潤み、頬は熱っぽかった。

「い、いいえ、明日からの遠征の準備もありますし……！」

もはや、理性の限界だ。

僕はなんとかシスティーナ王女との密会を終わらせようとした。

「カル兄様、お背中流すよ～っ！」

「ええい、カルの背中を流すのは、わらわであるぞぉ！」

脱衣場から、アルティナとシーダの黄色い声が聞こえてきた。

ま、まずいぞ……っ！

「王女殿下、こんなところを見られたら、誤解されてしまいます！　ちょ、ちょっと離れてください」

「誤解？　私とカル殿が、逢瀬を重ねる間柄であるということですか？　それなら、誤解ではありませんので、むしろ既成事実として広めていただいた方が……」

「えっ。な、なにをおっしゃって……？」

僕はシスティーナ王女を引き剝がそうとするが、彼女は逆に身体を押し付けてきた。

「なぬぅ⁉　お、おい、王女、ここで何をしておるのじゃ⁉」

「ええっ⁉　システィーナ王女、なんでここにいるの⁉」

風呂場にやってきたアルティナとシーダが、目を白黒させていた。

「これはアルティナ殿、何を驚いておられるのですか？　カル殿とまた湯船に浸かりに来ると、約束したではありませんか？」

「こ、ここまで直接的な手に出るとは、信じられぬ⁉　つまみ出してやるのじゃ！」

「ちょっと、ちょっと、アルティナ抑えて！　シーダ、アルティナを止めてくれ」

アルティナが怒り心頭で突撃してくる。システィーナ王女に無礼があってはならないので、僕は慌てて止めようとした。

「……はぁ、これはさすがに、怒れるドラゴンの尾を踏んだってやつかな。カル兄様」

シーダは肩を竦めて傍観の姿勢だった。

「カル殿、守ってください！」

「く…っ」

僕は人魚族の魔法【水流操作】で水を操り、システィーナ王女を強引に引き剝がす。

同時に、水飛沫を散らしてアルティナの視界を遮った。

システィーナ王女と離れれば、アルティナの怒りも収まって、なんとかなると思ったのだけど……

「きゃああああああっ⁉」

「なぬ⁉」

アルティナが脚を滑らせ、空中を搔きむしった彼女の手が、なぜかシスティーナ王女のブラを摑んでいた。

システィーナ王女は胸を押さえて絶叫している。

「カル殿に見られてしまいましたわ！　これはもうお嫁にもらっていただくしかありませんわね！」

王女殿下に取り返しのつかない無礼をしてしまった。

だけど、なぜか彼女の声は羞恥と同時に弾んでいた。

「えっ⁉　いや、見ていません！」

「ええい！　よいから、さっさと風呂場から出ていくのじゃ、ハレンチ王女め！」

「あはははははっ！　おもしろーぃ！　カル兄様のところにやってきてから、おもしろいことの連続だぁ！」

シーダはお腹を抱えて笑っている。

いや、笑い事じゃないって……！

「じゃあ、アルティナは王女様を連れて行くってことで。次は、私と背中の流しっこしようね、カル兄様！」

バスタオルを身体に巻いただけのシーダが、いたずらっぽく微笑んだ。明らかにアルティナとシスティーナ王女を挑発する意図があるような……

「なぬっ⁉　ずるいのじゃ。それはわらわの日課じゃぞ！」

「日課って、カル殿はアルティナ殿と、そんなことを毎日、なさっていたのですか⁉　くぅううっ！　なら、今夜はわたくしと背中の流しっこをいたしましょう！」

「ぶぅ⁉　いや、システィーナ王女、胸が……！」

システィーナ王女が腕を振り上げた瞬間、揺れる巨胸があらわになってしまった。湯気でギリギリ隠れてくれていたけど、こ、これは……

「あっ、おのれぇぇぇぇ！　王女、とにかく、おぬしは帰れ！」

「僕も、もう上がる！」

もはや精神の限界だった。一刻も早く、この窮地から脱出しなければならない。

「ダメだよ、カル兄様。まだ身体を洗っていないでしょ？」

するとシーダが甘えるように抱き着いてきた。普段はここまで、露骨に甘えてきたりしない。シーダは実態を悪化させて楽しんでいるようだった。まったく、こ、この妹は……

「シーダさん、いくら妹でもやって良いことと、悪いことがありますわ！」

「おぬしが、それを言うか⁉」

組み合いながら争うアルティナとシスティーナ王女は、次の瞬間、同時に足を滑らして、僕の上に落ちてきた。

「おわっ、ちょっと……⁉」

何か弾力のある柔らかいモノが、顔面に押し付けられる。

それが何か考えるより先に、僕は動いた。

身体能力を強化するバフ魔法を自分にかけて、脱兎（だっと）の勢いで、風呂場から飛び出す。

「ああっ、カル殿お待ちになってください！」

いくら王女殿下のご命令でも、それは聞けません。


【聖竜セルビア視点】

私、聖竜セルビアは偉大なる聖竜王エンリル様の腹心よ。

人間の国々を滅ぼすべく美しい少女の姿で暗躍し、人心を手玉に取ってきた私のふたつ名は【白翼の魔女】。

今回は、竜殺しとして有名なヴァルム家に入り込んで、まんまと養女という立場を手に入れたのだけど……

「ヒャッハー！　カルなんぞに魔剣グラムを渡しやがって、てめぇは死ねやぁあああ！」

暗がりから、突如レオン・ヴァルムが襲ってきた。

開いた口が塞がらないとは、まさにこのことね。

「人間は愚かだと思ってきたけど……あなたは愚かすぎよ」

「ほげぇえええ⁉」

私に殴り飛ばされたレオンは屋敷の壁に激突して、ピクピクと痙攣（けいれん）した。

その様は、まるで潰れたゴキブリだったわ。

あーっ、嫌だ嫌だ。

「セルビアお嬢様、どうなされましたか⁉」

レオンに触れてしまった手をハンカチで拭いていると、執事が駆けつけてきた。

「レオンが乱心して襲いかかってきたので、返り討ちにしたわ。ヴァルム家の恥なので、しばらく地下牢に監禁しておきなさい」

「はっ……し、しかし」

執事は新参者の私と、ヴァルム家の正統なる跡取り息子を見比べて、視線を泳がせている。

「私の言葉は、当主ザファル様の言葉よ。そう聞いていないかしら？」

「はっ、し、失礼しました。お嬢様」

執事は腰を折ると、レオンを連れ去った。

「ふぅ～っ、ここまで聖竜王様の計画を無自覚に狂わせるなんて……バカって怖いわ」

バカを舞台から退場させて、私はようやく安心することができた。

レオンが魔剣グラムを持ち出して、カルと冥竜王アルティナを襲撃したと聞いた時は、本当に慌てたわ。

せっかくヴァルム家に潜り込んで、これから計略を仕掛けようという時に、ヴァルム家が取り潰されでもしたら、すべて台無しじゃない。

私は涼しい顔でシスティーナ王女を説得したけど、本当に危なかった。

王弟まで動かして、ギリギリ事態を収められたけど、冷や汗が出っ放しよ。

『セルビア、首尾はどうだ……？』

私の心に語り掛けてきたのは、海竜王リヴァイアサンだった。

「上々よ。カルの海竜王討伐に同行できることになったわ」

カルはザファルに対して猜疑心を抱いているようだけど、懐に入ってしまえば、なんとでもできるわ。

この私も聖竜の姿で、同行するのだしね。

『奴らの信用を得るために魔剣グラムを差し出したと聞いたが、大丈夫なんだろうな？』

「私の特殊能力については知っているでしょう？　それとも海竜王ともあろう者が、魔剣グラムごときが怖いのかしら？」

『へっ、手癖が悪いのが、お前の特技だったな。まあいい。冥竜王も魔剣グラムも、ヴァルム家の血統も、目障りな連中はこの際まとめて片付ける。絶好のチャンスだ』

海竜王の尊大な笑い声が響く。

「そういうことよ。まずはカルたちの信用を得て、機会が到来したら背中から刺すわ。その際、あなたと呼応して、内と外から攻めたてれば、まず失敗は無いでしょう」

聖竜王様はカルについて、警戒しておられたわ。奴を確実に始末するように仰せよ。

カルが復活させた【無詠唱魔法】は、聖竜王様の計画を破綻させかねないモノだわ。

聖竜王様は魔法の才能を持つ人間に、魔法詠唱を封じる呪いをかけていらっしゃる。この呪いは遺伝性で、世代を超えて引き継がれていくわ。

やがて、この呪いが人間社会に浸透していけば、人間は弱体化していくでしょう。さすが、聖竜王様のお考えは遠大だわ。

私たちドラゴンの寿命は百年単位。時間が経てば経つほど、聖竜王様の計略は効果を成すわ。

でもカルの【無詠唱魔法】を広められたら……この計画は破綻するでしょうね。

「つまり、私の任務は責任重大。ここで、カルとアルティナを倒すことができれば、聖竜王様に、お喜びいただけるでしょうね」

そうなれば、私も出世間違い無しよ。

「ところで、人魚族の【オケアノスの至宝】は、まだ見つからないの?」

私は気がかりなことについて尋ねた。

『人魚族の王を捕らえて聞き出そうとしているが、強情でな。まあ万が一、冥竜王が復活するようなことがあろうが、2代目の小娘は貧弱だ。俺様の敵じゃねぇから、安心していろ』

そんな事態にならないように、わざわざ海底王国オケアノスを占領したのだけどね。

まあ、王を人質にしているのであれば、私たちの優位は揺るぎないでしょう。カルはティルテュ王女に王の解放も約束しているようだし……

「セルビアよ、レオンを投獄したと聞いたが……！」

自室に戻ると、ザファルが大慌てでやってきた。

「そうよ。あいつはすべてが終わるまで、地下牢から決して出さないようにして頂戴（ちょうだい）。でないと私がレオンを殺すわよ」

レオンはバカすぎて何をしでかすか、まったくわからない。

「うっ……わかった。レオンがお前を襲ったと聞いた。俺の監督不行き届きだ。すまなかった」

ザファルは深く謝罪した。

竜殺しのヴァルム家当主が、聖竜である私に頭を下げるなんて、滑稽極まりないわ。

もっとも、ヴァルム家の栄光のため王国を——人間そのものを裏切ったザファルに、他の選択肢なんて無いのだけどね。

ザファルはこの私の、いえ、聖竜様の下僕と化して、死ぬまで働くのよ。裏切りの裏切りは、この男にとって、破滅を意味するわ。

「ふんっ。わかれば良いのよ。それより、明日はいよいよ海底王国オケアノスに向かうわよ。カルとアルティナを、そこで確実に始末するわ。あなたの働きに期待しているわ」

「む、無論だ」

ザファルは青白い顔で頷いた。

第三章　海底王国オケアノスへ

「潜航、開始するわ！」

ティルテュ王女が、【水流操作】で海中にトンネルを作り出した。

僕たちの軍船は、その中を滑るように進む。

「うゎあああ～、お魚が空を泳いでるにゃ！」

ミーナが頭上を見上げながら、目をキラキラさせている。

海中を進む僕たちの周囲を、魚たちが取り囲んでいた。僕たちは甲板の上でその幻想的な眺めに、ため息をつく。

「おもしろい光景だね！　……でも、これティルテュがヤラレたら、私たち深海に放り出されて死ぬんじゃないの？」

シーダは若干、不安そうになっている。

「僕も【水流操作】が使えるから、そうしたらすぐに海上に脱出するつもりだ」

「へぇ。さすがはカル兄様！」

「まさか……人魚族の魔法を使えるというのか⁉」

父上が驚きの声を上げた。

「そうです。無詠唱の強みのひとつです。人間には発音できない他種族の魔法も使えます」

「知らなかったのか？　カルは古竜との戦いでヤツらの得意とする【竜魔法】を盗んでしまっておるのだぞ」

「なっ、なんだと⁉」

アルティナが自慢げに胸を張る。

「しかも、わらわの教えた【竜光牙（きば）】を改良した新魔法まで作ってしまうし。この調子で強くなったら、どこまでの高みに到達するか想像もつかんのじゃ」

「海神様はカル様を、人魚族の救世主だと予言されたわ！　【水流操作】も人魚かと思えるほどのレベルで使えるわよ」

「バカな。し、信じられん……！」

父上は雷に撃たれたように身を震わせた。そして、何か葛藤するように重々しく告げる。

「……カルよ。今からでも遅くはない。ヴァルム家に戻ってきて、当主の座を継ぐ気はないか？」

その時、父上の背後に控えていた聖竜が、咎（とが）めるような鋭い鳴き声を発した。

「父上には申し訳ありませんが、僕はすでにアルスター男爵を名乗っています。それにヴァルム家のやり方は僕には合わないことが、よくわかりましたので」

「そうか……」

父上は悔しそうに歯軋りした。

ヴァルム家は利益のためなら、平然と非合法な手段を取る。そんな家に戻ったら、僕もその片棒を担がされることになるだろう。

そんなことは、ごめんだった。

「ヴァルム家にいた時の僕は、本でしか世界を知りませんでした。実際に外に出てみて、この世界にはまだまだ僕の知らないことがたくさんあることを知りました。なので、家から出て良かったと思っています」

家から出たおかげで、本当の家族と呼べるアルティナにも出会えた。

「うむ。ヴァルム家などにずっといたら、カルの稀有な才能は埋もれたままになっていたじゃろう。ザファル・ヴァルムよ、おぬしの息子はヴァルム家程度に収まる器ではないぞ」

「その通りだね。どうせヴァルム家なんて、もう落ち目なんだからさ。父様の方こそ、このままカル兄様の家来になったらどうなの？」

「なっ⁉　この父を愚弄する気か……っ⁉」

「ちょっと、シーダ……！」

シーダが憎まれ口を叩いたので、慌ててたしなめる。

妹は完全にヴァルム家に嫌気が差しているらしい。気持ちはわかるけど、今は共同戦線中だ。

「私はね父様。強い人が好きなの。カル兄様より弱い癖（くせ）に、威張り散らしている父様なんて嫌いだよ」

「お、おのれシーダ！」

小馬鹿（こばか）にされて、父上は激怒した。

初日からこんな感じでは先が思いやられるな。なんとか仲裁しようとした時だった。

「た、大変よ！　この船に冥竜の群れが向かって来ているわ！」

ティルテュ王女が警告を発した。水魔法の達人である彼女には、海を泳いで接近してくる敵の存在がわかるらしい。

「冥竜の群れじゃと⁉」

アルティナが目を瞠（みは）る。

冥竜はドラゴンの中でも、最大の攻撃力を誇る種族だ。そして、アルティナの元々の家来たちでもある。

「マズイわ！　か、かなり速くて、振り切れない……ッ！」

「迎え撃つ！　みんな戦闘配置だ！」

「がってんです！　野郎ども、大砲の発射準備だ！」

敵が水中にいるため、歯がゆいがこちらから打って出ることができない。クルーたちは、大砲の弾を込め始めた。

シーダは船を守る魔法障壁を展開する。

「カルよ。冥竜たちは、できれば殺さないでほしいのじゃ。わらわの配下につくように説得してみせようぞ！」

「わかった！」

「さあ父様、活躍のチャンスだよ。その聖竜と一緒に突撃！　船の盾になってよね」

「ぐっ、シーダ、本気で父にそのような危険な役目を……」

「グズグズしない！　もう敵が来ているよ。返事は、ハイ喜んで！　でしょう？　それとも、裏切るつもりなのかな？」

「クソッ！　ハイ、喜んでぇえええ！」

父上が聖竜にまたがって、迎撃のために飛び上がった。

シーダはやりすぎなような気がするけど。父上がなにか怪しい動きをしないか注意を払う必要がある。

シーダもそこを見極めるために、無茶振りしているのだろう。多分……

「アルティナ姫！　腑抜け(ふぬ)の貴女が、まさか竜殺しの一族と手を組んで、海竜王を討ちに来るとはな！」

黒い巨体の冥竜たちが、船に向かって押し寄せてきた。

先頭の冥竜が雄叫びを上げる。

「ふん！　ひさしいなゼファーよ。今日こそ、【主従の誓約】をしてもらうぞ！」

アルティナが気炎を吐いた。

「笑止！　この冥竜ゼファーが忠誠を誓ったのは、先代冥竜王イシュタル様のみ！　貴女など、あのお方の足元にも及ばぬわ！」

冥竜ゼファーの周囲に、黒い火球がいくつも浮かんだ。海中でも燃えるそれは、呪(のろ)いの炎だ。

まずい。この絶大なる魔力、ゼファーも古竜クラスのドラゴンらしい。

「【冥火連弾(ヘルファイア)】！」

黒い火球が、一斉に僕たちの船に押し寄せてきた。

「きゃあぁああ！　カル様、な、なんとかしてくださいぃいいいい！」

船を操(あやつ)るティルテュ王女が悲鳴を上げる。

もちろん、一発たりとも被弾を許すつもりはない。

「【七頭竜光牙(しちとうりゅうこうが)】！」

「なんだとぉおおおッ!?」

僕は雷の矢の弾幕を張り、黒い火球をことごとく撃ち落とす。

いくつか外すも物量で押し切り、逆に冥竜の群れに攻撃を浴びせた。

「この我と正面から撃ち合うとは!?　人間か貴様は!?」

海竜フォルネウスからドロップした霊薬を飲んだおかげで、僕の魔力量(MP)は爆発(ばくはつ)的に増大していた。

あくまで短期決戦に限るが、古竜と魔法の撃ち合いをしても競り勝てる。

僕は敵の混乱に乗じて、さらに雷の矢を叩き込んだ。

「驚いたかゼファーよ！　おぬしはひとつ勘違いをしておるのじゃ。おぬしが【主従の誓約】をする相手はわらわではない。このカルじゃ！　なにしろ、わらわはカルの配下であるからな！」

僕はアルティナを配下だとは思っていないが、建前上はそういうことになっていた。

「バ、バカな⁉　誇り高き冥竜王が……イシュタル様の娘ともあろうお方が、人間に膝を屈しただと⁉」

5体いる冥竜のことごとくが、怒りの雄叫びを上げた。

「アルティナ姫、許し難い！　われらの誇りにかけて、ここで滅してくれる！」

「姫ではない。冥竜王と呼ぶが良い！」

「ちょっ。アルティナ、敵を挑発しすぎだぞ⁉」

「問題ない。すべてねじ伏せれば良いだけじゃ！　今のわらわとカルなら、それができる！なにより、どちらが主かハッキリさせねばならぬ！」

アルティナは自信満々に答えて、【黒炎のブレス】の詠唱に入った。

そうはさせじと冥竜たちが、【冥火連弾】を連射する。

敵は詠唱速度重視の物量勝負に出た。防ぎきれるか？

いや、やってみせる。ここまで信頼を寄せられたのなら、応えなければならない。

「父様、敵の妨害だよ！」

「ハイ喜んでぇ！　我はヴァルム家当主ザファルなるぞ！」

前に出た父上が、水中でも有効な雷撃の魔法を放った。父上が乗る聖竜も、輝く光のブレスを発射して、冥竜たちを牽制する。

「邪魔をするな小蝿が！」

冥竜たちは父上を排除しようと、【冥火連弾】を浴びせた。

父上は悲鳴を上げて、空中を逃げ回る。

「うぉおおおおっ⁉　やはり魔剣グラムを手放したのは失敗だった！　セルビア、お前のせいだぞ！　俺を助けろぉおおおお！」

父上のまたがる聖竜が、聖なる魔法障壁を張って攻撃をシャットアウトする。

なっ、セルビアだって？　あの聖竜の名前か……？

僕は【七頭竜光牙】を放ちながらも、父上の漏らした言葉に驚愕していた。

「カルよ。よくがんばってくれたのじゃ。おかげで、時間が稼げたぞ！」

アルティナが【黒炎のブレス】を放った。海を貫いて、滅びの炎が冥竜たちを薙ぎ払う。

「ぐぉおおおおおッ！　おのれ！　おのれ……！」

冥竜たちの鱗が焼けただれ、尋常ではないダメージを与えた。アルティナは殺さない程度に手加減したようだった。

彼女は勝ち誇って叫ぶ。

「冥竜どもよ。真の強者の下で、戦いに興じることこそ、おぬしらの喜びであろう？　ならばカルに従い、聖竜王と戦うが良い！　決しておぬしらを退屈させぬ。血湧(わ)き肉躍る死闘の日々を、この冥竜王アルティナが約束してやろうぞ！」

「人間ごときに頭を垂れるなど、あり得ぬ！　真の強者だと⁉　その者がイシュタル様を超える器であるとでも言われるのか⁉」

冥竜ゼファーは苦痛に耐えながらも、反発する。

「その船を粉みじんにし、海のもくずとしてくれよう！」

魔法障壁を展開しながら、冥竜ゼファーが最後の力を振り絞って突撃してきた。

これを殺さずに止めるのは難しいけど、アルティナの頼みならやるしかない。

「くっ！　【水流操作】【水弾檻(ウォーターバレットジェイル)】！」

僕は【水流操作】で冥竜ゼファーを押し流し、【水弾檻(ウォーターバレットジェイル)】で、無数の水の弾丸を叩き込んだ。

「なにぃいいい……⁉」

冥竜ゼファーは全身をボコボコにされて悲鳴を上げる。

【水弾檻】は、海竜フォルネウスから盗んだ竜魔法だ。海中では効果てきめんだった。

「こ、この力、古竜クラスの海竜に匹敵する⁉」

「その通りじゃ愚か者め！　確かに現時点では、カルは母様には及ばぬかも知れぬが、この先はわからんぞ？　カルは進化する魔神じゃ。いずれ、七大竜王をも超えようぞ！」

「えっ……それはいくらなんでも、過大評価のような」

僕は絶句した。

「ぬぅううっ⁉　アルティナ姫にそこまで言わせるとは……！」

「さあ、死か服従か選ぶが良い！」

「……認めざるをえん！」

僕に力押しで負けた冥竜ゼファーは、頭を垂れた。それは竜にとって降伏を意味するポーズだ。

ボスが降伏を選んだことで、他の冥竜たちも、それにならった。

戦いは僕たちの勝利で終わったのだ。

「だが、アルティナ姫よ。【主従の誓約】には、ひとつ条件をつけさせていただこうか。我らが従うのは、絶対の強者のみ。その者が、イシュタル様を超える器ではないと判断した時は、【主従の誓約】は破棄させてもらう。それでよろしいか？」

「無論じゃ。決して、そなたらを失望させぬと約束しよう」

なにか僕をおいてけぼりにして、話が進んでいた。

でも、ここでの戦力増強はありがたい。話に乗っておこう。

「冥竜ゼファー、それではこの僕、カル・アルスターと【主従の誓約】を」

「承った。冥竜ゼファーは、カル・アルスター様に条件付きではあるが忠誠を誓う。もし誓約を違えた時は、死をもって償うことをここに宣言する」

「うむ。冥竜王アルティナが誓約の仲介役となろう」

黒いオーラがアルティナから溢(あふ)れだして、ゼファーの口に吸い込まれていった。誓約の竜魔法だ。

僕とゼファーの間に、見えない強固な繋(つな)がりが生じる。

「ゼファー様の配下である我らは、ゼファー様の決定に従います」

他の冥竜たちも、僕に臣従を誓った。

信じられないことだが、これで5体もの冥竜が僕に従うことになった。

もはやこれは、冥竜王の陣営を従えているのに等しい。

小国なら滅ぼせそうな戦力だぞ、これは……

「すごいわ！　まさかオケアノス軍がまったく歯が立たなかった冥竜の群れを支配下に入れてしまうなんて！」

ティルテュ王女が飛び上がって歓声を上げる。

他のみんなも勝利に沸き返った。

「カル様はすごいのにゃ！　これなら海竜王にも勝てますのにゃ！」

「ホント、カル兄様は私の自慢の兄様だね！」

ミーナとシーダが感極まって、僕に抱きついてくる。

「はぁはぁ……こんな危険な囮役をやらさせるとは……命がいくつあっても足りんぞ！」

ズタボロになった父上が甲板に戻ってきた。聖竜もかなりのダメージを受けて、力なく鳴いている。

父上はエクスポーションを取り出して飲み込むが、なぜかその傷は治らなかった。

「なにぃ？　最高級回復薬が効かないだと？　まさか、これは……おい、回復魔法は聖竜の得意分野だろう。この俺を今すぐ治せ！」

「無駄だ。我の冥魔法には、回復を阻害する呪いが付与されている。例え聖竜でも時をかけねば、これを解除することは難しいだろう」

冥竜ゼファーが、鼻を鳴らした。

その言葉通り、聖竜はお手上げのポーズを取る。

「なんだと⁉　じょ、冗談ではないぞ。ならば、術者であるお前が呪いを解除せぬか！」

「そんな方法は知らぬ。これは敵を確実に滅ぼすための魔法である故にな。それに我に命令できるのは、カル様とアルティナ姫だけだ。分をわきまえよ、愚か者が」

「バカなぁああああ！　それでは計画が……」

何か口走ろうとした父上を、聖竜が足を滑らせて転倒した拍子に蹴り飛ばした。

「あぎゃあああッ⁉」

「はぁ、なんかこれだと、もう父様は役に立ちそうにないね」

シーダが肩を竦める。

「シーダ、そんな言い方は失礼だぞ。父上、怪我が治らないようでしたら、船室から出ずに休んでいてください」

「い、いや。海竜王との戦いには、這ってでも参加するぞ。竜殺しのヴァルム家の誇りにかけてな」

「そうですか……？」

聖竜もウンウンと頷いていた。

不平不満を言う割には、父上と聖竜は海竜王との戦いに積極的だ。

それに、さきほどのセルビアという名。強力なドラゴンは、有り余る力を抑えるために人間の形態を取る者もいる。ちょうどアルティナのように。

だとしたら、この聖竜は……

これは父上よりも、この聖竜の方をマークした方が良さそうだ。

【聖竜セルビア視点】

『はぅあああ……こんなハズじゃなかったのに、どうしてこんなことになっているのよ⁉』

私は通信魔法でヴァルム家当主ザファルを叱りつけた。

『それはこちらのセリフだ！　魔剣グラムを差し出してまで、カルを信用させたのに、何をしているのだ⁉　それでも聖竜王の腹心か？　何が【白翼の魔女】だ！　小っ恥ずかしいふたつ名を名乗りおって！』

『なんですって……⁉』

この男、言ってはならないことを言ったわね。

思わず激怒しそうになって、慌てて周囲を見渡した。

私がいる後方甲板の周囲には5体の冥竜が飛んでおり、何かしようにも、まったく身動きが取れなくなっていた。

一緒にいるのが、人間や飛竜ていどなら、幻惑の魔法をかけて、この場から抜け出すこともできたわ。

人の姿となって、頃合い（ころあい）を見て船に破壊工作を仕掛けるといったことも考えていたのに、無為に時間だけが過ぎていく。

特に頭上にいる冥竜ゼファーが、私のことをジッと睨（にら）んでいて、めちゃめちゃ心臓に悪いわ。

私の正体が見破られたら、殺されるんじゃないかしら……？

『ザファル、ティルテュ王女を拉致することはできないの？　彼女を人質にすると同時に、海竜たちを呼んで総攻撃を仕掛ければ……』

『シーダとローグに監視されておるから、それは無理だ。そもそも、冥竜にヤラレた傷が痛んで泣きそうだぞ！　どうしてくれるのだ⁉　ええっ⁉』

何が泣きそうよ。情けないわね。

ヴァルム家といえば、竜殺しの名門貴族。手下にすれば、さぞ役に立つかと思ったのに、まるで期待外れだわ。

逆に……

『カル・アルスターの能力は予想以上だったわ。しかも、冥竜王アルティナをはじめとする家臣たちからは絶大な信頼を寄せられているし……』

しょ、正直、付け入る隙が見つからない。

本当にカルは、ザファルの息子かしら？　トンビが鷹を生んだとしか思えないわ。

聖竜王様が警戒する訳ね。脅威度で言えば冥竜王よりも、カルの方が上だわ。

「おい、聖竜の小娘。さっきから何をしているのだ？　魔法を使っているな？」

「は、はい！　ゼファー様から受けた傷が痛むので、回復魔法を試みていました」

冥竜ゼファーから話しかけられて、私は慌てて返事した。

魔力の流れから、魔法を使っているのはバレバレなので、通信魔法の隠れ蓑（みの）として回復魔法も発動していたのよ。

「そんな余力があるなら我らが偉大なる主（あるじ）、カル様のお役に立つべく、この船全体を魔法障壁で覆（おお）え。防御は、聖竜の得意分野であろう？」

「はっ、い、いえ。しかし、私はヴァルム家の竜なので、ザファル様にご命令いただかなくては……」

「口答えするな、さっさとしろ！　我が主に貢献する栄誉を貴様にも与えてやろうというのだぞ！」

なによコイツ、めちゃくちゃ横暴だわ！　これだから、冥竜って嫌いなのよ！　優雅で知的な私とは正反対だわ。

と思いつつも、言葉には決して出さない。

「はぃいいいい！　喜んでやらせていただきます！　……【聖竜盾（ホーリーシールド）】！」

私は半ばヤケクソになって、聖なる魔法障壁で船体を覆った。

なんでこの私が、カルに利することばかりしているのよ。屈辱だわ……

でも、とにかく今は、アルスター家の者たちの信頼を得えないと。

そ、そうよ、これは必要なことなんだわ。

私は自分に言い聞かせて、納得した。数々の国を滅ぼしてきた美しくも恐ろしい【白翼の魔女】は、この程度ではへこたれないのよ。

「すごい防御魔法だね。これが聖の竜魔法？　もう一度、詠唱を聴かせてもらえるかな？」

すると、近くにやってきたカルが興味深そうに尋ねてきた。

なに……？　もしかして、聖の竜魔法を習得したいとでも言うの？

ふっ、身の程知らずね。

いくつもの竜魔法を習得して、調子に乗っているようだけど。神に近いとされる聖竜の魔法を、人間ごときが扱える訳が無いじゃない。

私は鼻で笑って、【聖竜盾（ホーリーシールド）】の詠唱をカルに聴かせてやった。

「ありがとう。こうかな【聖竜盾（ホーリーシールド）】！」

はっ……!?

なんとカルは、こともなげに私の魔法を再現してみせた。カルを聖なる魔法障壁が包む。

し、しかも、私の【聖竜盾（ホーリーシールド）】よりも、強力だわ。

なにこれ、どうなっているの？

まさか、コイツの得意属性は聖とか？

いや、それでもこれはあり得ないわ……

「さすがは、我が主！　聖竜を上回る魔法障壁とは恐れ入った！」

「ありがとうセルビア。他にも知っている魔法があったら、教えてくれないかな？」

カルがぺこりと頭を下げてくる。

はっ？　聖竜王様の配下である私が、その敵を強くするなんて、あり得ないわ。

ブンブンと首を振って拒否する。

「我が主の命令が聞けぬと申すか⁉」

ひぇえええぇっ！

冥竜ゼファーに怒鳴られて、私は縮み上がった。

「敵襲よぉおお！」

その時、前方甲板にいる人魚姫ティルテュが叫んだ。

海竜王の配下の半魚人たちが、銛（もり）を手に襲いかかってきたのだ。

その数、約３０００にも及ぶ大部隊よ。

「冥竜たち、出撃だ！」

「承知！」

カルの命令に従って、冥竜たちが敵軍に突撃していく。

や、やった、チャンスだわ。

もうなりふり構わず、ティルテュ王女をここで拉致（らち）してしまうべきね。

そうすれば、カルたちは大混乱に陥(おちい)るわ。

「ティルテュ王女、船内に下がってください。【聖竜盾(ホーリーシールド)】！」

「これは⁉　すごい強力な魔法障壁だわ、ありがとうございますカル様！」

と思ったら、カルに先手を打たれた。

ティルテュ王女を、清らかな輝きを放つ魔法障壁が覆う。

おおっ……私の攻撃力では、これを突破するのは不可能だわ。

「なんだ⁉　強力な聖なる結界で、船が覆われているぞ！」

私の【聖竜盾(ホーリーシールド)】に阻まれて、半魚人たちは船に近寄ることもできない。

冥竜たちの攻撃で、一方的に半魚人の軍団はヤラレていく。

その時、海竜王リヴァイアサンが私に通信魔法を送ってきた。

『セルビア！　てめぇ、どういうつもりだぁ⁉　いつ事を起こすつもりなんだ⁉』

くっ、エラソーな奴。私に命令する気？　わ、私の主は、聖竜王様よ。

『ぐぅ……それは。まだ、ヤツらを油断させるために信用を得ている段階よ』

『はっ⁉　冥竜どもが寝返って、こっちの戦力はガタ落ちしてんだぞ！　なぜ、阻止しねぇ⁉

敵を強くしてムダに犠牲を増やしやがって、てめぇは一体、どっちの味方なんだぁ⁉』

返す言葉が見つからず、私は返答に窮した。

ぐぅうう……

私が、なぜこんな屈辱を……

『ちっ！　もういい。聖竜王の顔を立てて、策を受け入れてやったが、てめぇにはもう何も期待しねぇ。元々、小細工は俺の性に合わねぇんだ！　俺は俺で好きにやらせてもらうぜ』

海竜王は通信を遮断した。

カルたちの勝利の歓声を聞きながら、私は密かに頭を抱えた。

次の日。しばらく何事もなく、海中の旅が続いていた。

「前方、約10キロから我らに近づいてくる巨影がおりますぞ」

索敵(さくてき)をしていた冥竜ゼファーが、僕に報告してきた。

海中という未知の世界は美しいだけでなく、脅威に満ちている。ドラゴンの超感覚で、危険を知らせてくれるのはありがたい。

「偽装などせず、堂々と姿を現して向かってきております」

「海竜かな……？」

「じゃあ、聖竜に偵察させようよ」

シーダが聖竜を指差して告げた。

疲れた様子の聖竜は、両手で✕印を作って必死で拒否を伝える。

「ちょっと待って！　この形状と数……これは人魚族の潜水艦隊だわ！」

水魔法で状況を調べたティルテュ王女が、顔をパッと輝かせた。

「やった。それじゃ味方だね」

僕の軍船のマストには【ハイランド王国】と【海底王国オケアノス】の国旗が並んで掲げてあった。

この船がティルテュ王女を乗せたハイランド王国の援軍であることをアピールするためだ。

それが功を奏して人魚族の残党が、集まって来てくれたらしい。

「おおっ、大きな魚みたいな船じゃな！」

目の良いアルティナが、いち早く人魚族の船を見つけたようで歓声を上げる。

「カルの狙（ねら）い通り、人魚族がやってきたようじゃぞ！」

「あれは、イリスの潜水艦だわ！　ここよ、イリス——ッ！」

ティルテュ王女が舳先に立ち、両手を振って自分の存在を誇示する。

やがて深海魚のような流線型のフォルムをした4隻の船が、姿を現した。

これは海中での戦闘を想定して造られた船のようだ。帆も甲板もなく、気密性と防御力を高めるために、丸みを帯びた装甲板によって全体が覆われている。

人魚族が古代エレシア文明の流れを組んでいるというシスティーナ王女の仮説は、当たっているかもしれない。

潜水艦というその船は、【水流操作】の魔法を使って爆発的な推進力を得て進んでいるようだった。僕たちの船とは、比べ物にならない速度が出ている。

「ティルテュ様！　ご無事でなによりです！」

潜水艦のハッチが開いて、数人の少女が飛び出してきた。彼女らは、僕たちの船の甲板に降り立つ。

「イリスも無事だったのね！　海神様のお告げにあった最強の竜殺しカル様に援軍を頼んで、来てもらったのよ！」

指揮官と思わしき軍装の美少女と、ティルテュ王女はひしと抱き合った。

「海神のお告げ。カルこそ、最強の竜殺しだと……ッ！」

それを遠巻きに見ていた父上は苦い顔をしている。一日休んで、傷は多少良くなったようだ。

「父様、事実はちゃんと受け止めなくちゃね。誰が最強なのかなんて、もうわかりきったことだけど」

「くぅっ……」

よせば良いのに、シーダがまた父上をからかうようなことを言っている。

だけど、妹をたしなめるより、僕はクルーたちにかけた【精神干渉プロテクト】の魔法を強化することを優先した。

やってきた人魚族は皆、見目麗しい女性だった。人魚族の8割は女性であり、伴侶を得るために【魅了(チャーム)】の魔力で、他種族を虜にするらしい。

僕に付き従うクルーたちも、彼女たちの美しさに色めき立っていた。

それぞれタイプの違う美女たちの色香が【魅了(チャーム)】によって増強され、彼らの脳髄を直撃しているようだ。

僕もちょっとクラッとしてしまう。

「ふむ。ここにいるのは、人魚の中でも強力な魔力を持つ者たちのようじゃな……」

アルティナがムッと眉根(まゆね)を寄せた。

「おぬしら、気をしっかり持たぬか⁉」

「す、すみません。アルティナ殿！」

一喝に、クルーたちは姿勢を正す。

「ティルテュ様！　海竜フォルネウスの軍団が倒され、我々は歓喜しておりました。今こそ反撃の時だと、皆奮い立っております！」

「そうよ。カル様が奴(やつ)らを倒してくれたのよ！　それどころか、見て！　凶悪な冥竜の群れまで支配下に入れてしまったんだから！」

ティルテュ王女は冥竜たちを振り返って、自慢気に叫んだ。

ゼファーたちが一斉に首肯(しゅこう)する。

「我らは皆、カル様とアルティナ姫に付き従う所存です」

「こ、これは壮観です！」

イリスたちは、畏怖の眼差しで冥竜たちを見上げる。

「いかに強力なドラゴンを支配下に入れるかが、竜殺しの格を決めると聞きました。これほどのドラゴン軍団を率いられるカル様のお力——まさに天下無双でありますね」

イリスと呼ばれた凛々しい美少女は、僕の前にひざまずいた。

「カル様、私はオケアノス王家に仕える騎士イリスと申します。我が麾下の兵たちは、皆あなたの指揮下に入らせていただきます」

「……他国の貴族である僕に、兵権を預けると？」

この申し出には、ビックリ仰天した。

他国の者に兵を任せては、下手をすれば国を乗っ取られかねない。

支配者が支配者足りうるのは、武力を——軍隊を持っているからだ。

援軍として招き入れた他国の軍隊が、国を占領してしまう例は歴史上何度もあった。

その危険性をイリスは考慮していないのだろうか？

「ティルテュ様と、ご結婚されるカル様は我らが王となられるお方です。何の不都合がありましょうか？」

イリスは不思議そうな顔をした。

えっ……

僕だけでなく、アルティナやシーダ、その場の全員が固まる。

「ちょっと、ちょっと！　イリス、違うわよ！　まだ、そういう話にはなってないの！」

ティルテュ王女は大慌てで、イリスの口を押さえる。

「なんと……！　ティルテュ様に恋しない男性など、この世におりましょうか？　ティルテュ様がカル様に好意を抱かれているなら、当然、そういったお話になるかと存じますが？」

「きゃああああッ⁉　そ、そうかもしれないけど……ッ⁉　あたな気が早すぎるわよ！」

ティルテュ王女が途中から大声を出したせいで、イリスの言葉の後半が良く聞こえなかった。

「むぅ。身内の贔屓目にしても、度が過ぎておるの……なぜ、カルがティルテュと結婚するなどという話になっておるのじゃ？」

「カル兄様が、ティルテュなんかに恋する訳ないのにね」

「まさしく。カルはわらわのモノじゃぞ！」

「はい、ですにゃ。カル様はミーナと子作りする予定ですにゃ！」

「い、いや、しないって……！」

メイド姿のミーナが密着してきたので、慌てて引き剝がす。

「おぬし、どさくさに紛れて何をやっておるのじゃ！」

「カル兄様が一番好きなのは、実の妹である私だもんね！」

なぜかアルティナとシーダまで、僕にしなだれかかってきた。最近、彼女たちのボディタッ

チの頻度が増えすぎて困る。

「これは、英雄色を好むというモノですね。確かにカル様の元には、魅力的な女性が集まっているようですが……ティルテュ様は人魚族一の、いえ、世界一の美少女です！　ティルテュ様の求愛を拒むなど、あり得ませ……！」

「ちょっとイリスは黙っていてちょうだい！　ここでイリスが余計なことをベラベラしゃべると、私の恋が台無しになるのよ⁉」

なにやら、ティルテュ王女が絶叫していたが、アルティナたちにもみくちゃにされる僕にはよく聞こえなかった。

「アルティナ、シーダ、他国の騎士の前だぞ！」

「こ、これは……申し訳ありません。まさか、ティルテュ様が恋に悩んでいらっしゃるとは、つゆ知らず！　不詳イリス、これからはティルテュ様の恋の援軍としても、粉骨砕身（ふんこつさいしん）、努めさせていただきます。カル様、ティルテュ様はかわいいですよね⁉」

「えっ？」

いきなり話を振られて、僕は返答に困った。

話の脈絡がよくわからないけど……

「そうですね。ティルテュ王女はかわいいと思います」

「ひゃあああっ……！　ちょ、ちょっとうれしすぎるわ！」

「では、ティルテュ王女と結……！」

続けて何か言おうとしたイリスの口を、ティルテュ王女が押さえた。

「やめて、いきなりド直球すぎるわ！　もう黙って、海竜王に勝つことだけ考えてちょうだい⁉」

「こ、これは申し訳ありません。何か私は間違っていましたでしょうか？」

イリスはティルテュ王女の剣幕にタジタジになっている。

「戦いは常に先手必勝、押せ押せで行くべきだと思うのですが……」

「うむ……こ、これは、頼もしい仲間が増えたというべきかの」

アルティナが頬(ほお)を掻(か)いていた。

「おもしろい娘ではあるよね！　でも、なんで人魚族が負けたのか、わかっちゃったかも……」

「んもうっ⁉　と、とにかくカル様！　イリスたち人魚族の兵を、カル様の指揮下に入れることについては、王女である私も賛同するわ。イリスたちを自由に使ってもらって、大丈夫よ！」

ティルテュ王女は照れ隠しのためか、大げさに手を振って告げた。

「なにとぞ、よろしくお願いいたします！」

イリスたちも、一斉に腰を折る。

ここまで僕を信用してくれるなら、受けないのは失礼だろう。

「それはありがたいです。イリス殿、こちらこそ、よろしくお願いします」

僕が差し出した右手をイリスは、握り返した。

「ありがとうございます！　カル様のような英雄と共に戦えて光栄です」

「私たちの剣をカル様にお預けします！」

人魚族の兵たちも、僕に向かって平伏する。

「それで、イリス。お父様はご無事なの⁉　所在は摑んでいる⁉」

「はっ。国王様は、城の地下牢に幽閉されているようです。しかし、海竜たちが城の守りを固めていて、手出しできない状態です。【オケアノスの至宝】を海竜王が発見したという報はございませんので、国王様は我らのため必死に耐えておられると思います」

それを聞いて、ティルテュ王女は顔を曇らせた。

「お父様から至宝の在り処を聞き出すために、海竜王は無茶なことをしているんでしょうね。一刻も早くお助けしないと……ッ！」

ティルテュ王女がひとりで僕に助けを求めに来たのも、王女としての使命感だけでなく、父親を助けたいが故にだろう。

父上を疑い、監視をつけている僕とは、まるで違うな……

「イリス殿。オケアノスの現状について、なるべく詳しくお聞かせいただけないでしょうか？　国王様を助け出す作戦を考えたいと思います」

だからこそ、僕はティルテュ王女の力になってあげたいと思う。引き裂かれた親子を元に戻してあげたい。

「ありがとうございます、カル様！　なんと、頼もしい！　無論、すべてお伝えします！」

「ティルテュ王女、僕が必ずお父上を救い出しますから、安心してください」

「あ、ありがとうございます、カル様！　感激です！」

ティルテュ王女は目尻に涙を浮かべた。

そんな僕たちのやり取りを、父上の聖竜が興味深そうに見つめていた。

やはり、この聖竜は……

僕はこの聖竜をずっと観察していた。

父上は配下のドラゴンを恐怖で支配しているが、この聖竜は父上を恐れている様子が無い。

それどころか、この聖竜は父上を侮（あなど）っているような感じさえ受ける。

これはあり得ないことだった。

もし僕の考えが当たっているとしたら……イリスの持つ情報を与える訳にはいかない。

「シーダ……」

僕が妹の肩を叩くと、彼女はすぐに意を汲んでくれた。任せてと言いたげに肯く。

「聖竜と父様は、私と一緒に周囲の警戒に付く！」

「ぬぉ、まだ傷が癒（い）えておらぬというのに⁉」

「なに、その返事は？」

「はい、喜んでぇぇぇぇッ！」

シーダに聖竜と父上の監視を任せて、僕たちは船室へと向かった。

そこで、イリスも交えて人魚族の王を救出するための作戦を練ることにした。

※※※

次の日、僕たちはとうとう海底王国オケアノスの目と鼻の先までやってきた。

人魚族は魔法で形成した空気ドームの中に、人間と同じ街を造っていた。

「すごい、これが人魚の国かぁ……」

海底に美しい尖塔の群れが並ぶ光景は、圧巻だった。

船のクルーたちは、皆感嘆の声を上げている。

「ふふんっ！　どう？　美しいでしょう⁉」

ティルテュ王女が得意そうな顔をしていた。

「あっ、イリスが乗ってきたのと同じ船がいっぱいあるにゃ！」

ミーナが指差した先には、船が停泊できる港があった。

帆のない丸っこい船が、いくつも停まっている。その様も、おとぎの国に迷い込んだように幻想的だった。

「あれは、民間の潜水艦よ！　厳密には同じじゃないわね」

「はい。軍船や武器の類は、すべて海竜王に接収されてしまいました。口惜しいです」

イリスが歯軋りする。

思わず見惚れてしまったけど、ここには観光に来た訳ではない。

「じゃあ港に到着と同時に、ゼファーたちは捕虜収容所を攻撃してほしい。なるべく派手にね」

「承知した我が主よ！」

冥竜ゼファーが重々しく応える。

「父様と聖竜は、私と同じ陽動部隊だよ。きっちり働いてよね」

「わ、わかっておる！」

シーダの言葉に、父上は顔を嫌そうに歪めた。父上の怪我は聖竜の治療のかいあって、あるていど癒えていた。

「シーダ。陽動部隊の指揮を任せた。捕虜たちを解放したら、彼らと一緒に王宮の制圧に向かってほしい」

「了解！」

妹は元気よく敬礼を返す。

僕が考えたのは、オケアノスの兵士が捕まっている捕虜収容所に攻撃を仕掛ける陽動作戦だ。

そうすれば、海竜王の手下たちは大慌てで迎撃に出てくるだろう。

僕とアルティナとティルテュは、手薄になった王城に密かに潜入して、海竜王を討つという計画だった。

「カル様、ティルテュ様のことはお任せします。私は皆の救出に専念します」

イリスが生真面目な顔で告げる。

「ご理解いただけてうれしいです。本当なら、イリスもティルテュ王女に付き従いたいでしょうけど」

「いえ、ティルテュ様の恋の応援もする身としては、おじゃま虫になる訳には参りません！」

「ちょっと、イリス！　あなたねぇ⁉」

ティルテュ王女が慌て、皆の視線が彼女に集中した。はて、恋の応援とはどういう意味だろう？

よくわからないので、スルーして話を続ける。

「ティルテュ王女。王宮への隠し通路の入口ですけど……」

「港の北の丘にあります。私が案内するので大丈夫です！　そ、それと、まどろっこしいので、お互いに敬語は無しにしましょう！」

「それは助かるね。それじゃあ、これからはティルテュと呼ぶね」

「はぅ！　カル様に呼び捨てにされちゃった⁉　ま、まるで夫婦みたいだわ！」

なぜかティルテュは頬を上気させる。

「ティルテュ様、お見事です！　最初の作戦は大成功ですね！」

イリスがなぜか喝采を上げていた。

『カルよ。あの聖竜じゃが……』

アルティナが魔法で、僕の心に語りかけてきた。

『わかっているよ。おそらく、あの聖竜は、聖竜王が送り込んできた敵だね』

『なぬ⁉　もはや、確証を掴んでおったのか⁉』

『いや、動かぬ証拠を掴むのはこれからだよ』

声を出さないように口を押さえながら、アルティナは驚愕した。

「まずは、父様と聖竜が捕虜収容所に突撃。敵をなるべく引き付けてね」

「ぐぞぉおおおッ！　ハイ、喜んでぇええ！」

シーダの命令に、父上がヤケクソな返事をしている。

『だから、今、話したのは嘘の作戦だよ』

ティルテュによると、王宮への隠し通路は実はふたつある。

実際に使うのは、今話してもらったのとは別のルートだ。向かう先は海竜王の元ではなく、地下牢に閉じ込められている人魚族の王の元だ。

オケアノスの兵士が大人しく捕虜にされているのは、王を人質に取られているからだ。

捕虜収容所を襲うと同時に、王を解放してオケアノス軍を味方につけるのが、本当の作戦だった。王を解放すれば、潜伏しているオケアノスの兵たちも、決起するだろう。

さらに王からアルティナの呪いの封印を解くための【至宝】の在り処も教えてもらうつもりだ。

このことは、まだ誰にも話していない。敵を欺くにはまず味方からだ。

『ティルテュが今話した隠し通路には、隠密行動に長けた猫耳族を偵察に行かせる。もし、そこで敵の罠や待ち伏せがあったのなら……シーダとゼファーに、父上たちを討つように命じるよ』

『おおっ！　そこまで考えておったとは、さすがなのじゃ！』

これで父上が本当に僕に協力しようとしているかが、わかるだろう。

もし父上が僕を……いや王国を裏切るつもりなら。父上とは敵として戦うしかないだろう。

僕は密かに覚悟を決めた。

※※※

【聖竜セルビア視点】

ふっ、や、やったわ！　カルの陣営に潜り込んで、屈辱に耐えたかいがあったわね。

私は密かに喝采を上げた。

カルの作戦の全容を摑むことができたのよ。

『おおっ！　これでヴァルム家に再び栄光を取り戻すことができるのだな！』

そこにザファルが、通信魔法を送ってきた。

この男は不安なのか、ちょこちょこ語りかけてくるのよね。

『……ええっ、その通りよ』

短く回答して、私は通信を遮断した。

ザファル、バカな男……

せいぜい、つかの間の喜びに浸るがいいわ。

ヴァルム家が再び栄光を浴びるなんて、未来永劫あり得ない。

カルとアルティナを始末したら、ザファルにも消えてもらう手筈よ。

私はこの情報をさっそく海竜王に送った。

『俺の首を直接狙いにくるたぁ、なかなか豪気だが……詰めが甘かったな。ヤツらの通るルートに戦力を集中させる。この程度の罠も突破できねぇようなら、この俺が相手してやる価値もねぇからな』

『ふふっ、私も頃合いを見て、加勢に向かいますわ』

よし、これで私は大手柄だわ。聖竜王様もさぞお喜びになるでしょう。

私はスキップしたくなるほど、弾んだ気持ちになった。人間を思い通りに操（あやつ）って滅ぼすのは快感だわ。

この時、私は自分が逆に罠にかけられているとは、思いもしていなかった。

第四章　人魚族の王の奪還

オケアノス王宮へと続く、秘密の地下通路には敵兵はまったく配置されていなかった。

おかげで楽に進める。

「カルの作戦が功を奏したようじゃな！　ここから侵入するとはヤツら、思ってもいないようじゃ」

「ええっ！　一刻も早くお父様の元に向かいましょう！」

駆けるティルテュは気が急いてたまらない様子だった。ティルテュにも僕の本当の作戦をすでに伝えてあった。

しばらくすると、偵察部隊からの通信魔法が入った。

『こちらトラネコ偵察部隊ですにゃ。丘からの秘密の抜け道に、海竜を含めた多数の敵兵とトラップが配置されているのを確認しましたにゃ！』

彼らには、姿と気配を消す魔法のアイテムと、通信魔法の媒体となる水晶玉を渡してあった。

レオンからの戦利品だ。

「ありがとう。見つからないように退避してくれ」

『了解ですにゃ！』

これで決まった。

こちらの作戦が、海竜王に筒抜けになっている。

やはり、父上は敵に通じていたのか……

僕が立ち上げたアルスター男爵家が邪魔というのはわかるけど、母上に呪(のろ)いをかけた聖竜王に寝返るなんて、にわかには信じられない。

「シーダ、父上はやはり敵に通じていたみたいだ。拘束してくれ。後で事情を問いただす」

『了解だよ、カル兄様！』

通信魔法で妹に指示を送る。シーダは特に意外だとは思っていない様子だった。

『これで気兼ねなく父様をブン殴れる訳だね』

「……相手には、聖竜もいるから油断は禁物だぞ。冥竜ゼファーと協力して、聖竜は確実に倒してくれ。間違いなく聖竜王の手の者だ」

『了解！』

シーダは嬉々として返事した。イリスたちもいるし、あちらは妹に任せておけば大丈夫だろう。

「ここよ！　この下が地下牢獄だわ」

ティルテュが床にぽっかり空いた穴を指さした。

「下に無数の敵の気配がするのじゃ。さすがに、王の警備は厳重なようじゃな」

「よし、任せてくれ【竜王の咆哮（ドラゴンシャウト）】！」

僕は穴の底に【竜王の咆哮（ドラゴンシャウト）】を轟（とどろ）かせた。聞く者を恐怖で気絶させる竜魔法だ。

同時にティルテュを抱きかかえて、穴の底に飛び込む。

「きゃあああ!?」

ティルテュは悲鳴を上げたが、僕は地面に向けて【ウインド】の猛風を放って、落下速度を殺した。

アルティナも僕の後に続く。

「まさか、お姫様抱っこされちゃうなんて！　こ、ここれって、カル様も私が好きってことよね!?」

ティルテュは何か良くわからないことを言っていたが、それどころではないのでスルーする。

底は広い地下空洞になっていた。天然の洞窟を牢獄に改装した施設のようだ。

周囲には気絶した海竜や半魚人たちが横たわっていた。

【ウインド】の風の刃（やいば）で、全員に容赦なくトドメを刺す。

襲いかかってくるような敵はいなかった。

「見事じゃ。並のドラゴンなら、カルの威圧に耐えることはできんの！」

「……ここに古竜クラスの竜は、配置されていなかったようだね」

僕は辺りを見回して告げる。

「おそらく、もうひとつの抜け道の方に行ったのじゃろう。もっとも古竜クラスであろうとも、もはやカルの敵ではないと思うがの」

アルティナは誇らしげに微笑(ほほえ)んだ。

「おおっ！　ティルテュ、ティルテュではないか⁉」

その時、鉄格子の内側に囚(とら)われた男が、声を張り上げた。ボロをまとったみすぼらしい男だが、声には威厳がある。

僕の【竜王の咆哮(ドラゴンシャウト)】は、人魚族を効果対象外に設定していた。おそらく、彼が人魚族の王だろう。

「お父様！」

ティルテュが父王に駆け寄って行く。

僕は親子の再会を邪魔する鉄格子を、風の刃で斬り裂いた。

「カル様を連れて帰ってきました！　よくご無事で……」

「お前こそ！　たったひとりで、よくやってくれた」

ティルテュは父王と抱擁する。

僕は今し方、父との決別を果たしたが、ティルテュは念願の父との再会を果たした。

よかったな。ティルテュ……

アルティナが僕の気持ちを察してか、手を握ってくれた。

そうだな。今の僕には、アルティナがいる。過去に囚われるのではなく、大切な彼女との未来のために行動しなくては。

ここにやってきたのは、アルティナの呪いを解くことのできる【オケアノスの至宝】を手に入れるためでもある。気持ちを切り替えよう。

「いつまでも子供かと思っていたが……お前は立派な王女だ。誇るがいい」

「はい！」

人魚族の王は、しばらくすると僕に視線を移した。

「あなた様が、カイン・ヴァルムの末裔（まつえい）であるカル様ですな。まさか、本当に我が国の救援に来ていただけるとは、人魚族を代表して厚く感謝申し上げます」

【父ザファル視点】

俺（おれ）は聖竜セルビアにまたがって飛翔していた。カルの兵どもと、捕虜収容所を攻撃して人魚族を解放するべく向かっている最中だ。

俺の後ろには、飛竜に乗った娘のシーダや竜騎士ローグ、５体の冥竜が続く。

冥竜たちは元ヴァルム家の者どもや、人魚族の兵、猫耳族たちを乗せていた。

カルを追放したのは、ついこの前だ。それが短期間で、これほどの兵を率いる存在に成長するとは意外という他ない。

『ザファル、捕虜収容所の防衛部隊は、あくまであなたを攻撃するフリをするだけ。カルが罠にはまったのを確認したら、もう正体を隠す必要はないわ。反転して防衛部隊と一緒に、シーダと冥竜ゼファーを討ち取るのよ』

聖竜セルビアからの魔法通信が入った。

セルビアは予想外の事態の連続にテンパッていたが、今は余裕を取り戻し優雅な口調に戻っている。

『フハハハハハッ！　最後に笑うのは、やはりこの俺だということだな？』

俺も勝利を確信して、笑いを堪(こら)えるのに必死だった。

『そうね。でも油断はしないことね。カルの陣営は、今やかなりの戦力よ』

『問題ない。陽動部隊の指揮官を任されたシーダは、父であるこの俺を舐(な)めきって油断している。まずはシーダを不意打ちで倒して捕らえ、カルの兵どもを大混乱に陥(おとしい)れてやろう！』

『最初に指揮官を倒すのは、良い手だわ』

『フハハハハハッ、シーダの命令にハイ、喜んでぇ！　と従ってきたのは、すべてこの布石だったのだ。シーダには、父の偉大さをたっぷり教え込んでやる！』

『そ、そう……』

何か呆れたような呟きが、返ってきた。

『ヴァルム家の栄達のため、シーダはできれば生かしたまま捕らえたい。王家と家臣の信頼を失っているレオンに跡目を継がせるのは、さすがにもう厳しいからな……』

考えに考えた末の苦肉の策だった。

もう認めるしかないが、真に無能だったのはレオンであり、カルを追放したのは最大の過ちだったのだ。

そのカルが俺に従わない以上、シーダに家を継がせるしかヴァルム家が存続できる道はない。

『あなたの娘は、もうあなたには従わないと思うけど……元々、かなり嫌われていたんじゃないの？　まあ良いわ。シーダを人質にすれば、カルへの切り札にもなるしね』

『くくっ……そういうことだ』

完璧な作戦に、俺はほくそ笑んだ。これで一発逆転できる。

やがて捕虜収容所が見えてきた。

数匹の海竜と、半魚人たちの部隊がその周囲を守っている。奴らは、突然の襲撃に混乱しているのを装っているようだった。

「父様、突撃だよ！」

シーダの命令で、攻撃をしかけるフリをする。

まだカルが罠にかかったという知らせは来ないのか？

茶番を続けるにしても、下手に海竜王の軍に損害を与えないように気をつけなくてはな……

「みんな、攻撃開始！【炎の嵐（フレア・ストーム）】！」

「なっ！」

シーダが放った炎の嵐が、俺をも飲み込んで地上の半魚人たちを焼いた。

幸いセルビアが魔法障壁を展開してくれていたので、ダメージは最小限で済んだが、それでも背中に痛みが走る。

「な、何をするのだシーダ⁉　味方を撃つなど……！」

「味方じゃないよ、父様は聖竜王に寝返ったんでしょう？　冥竜たち、あの裏切り者を撃ち落とせ！」

「承知！」

「はぁわわわわ⁉　なに、ちょっと嘘でしょう⁉」

冥竜たちから黒炎の弾丸を容赦なく浴びせられて、聖竜セルビアが慌てふためく。

その時、美しい人魚姫ティルテュの映像が、上空に映し出された。

『勇壮なる人魚族の将兵たちよ！　私はオケアノスの王女ティルテュよ！　我が父、我らが王は、カル・アルスター様の手により救出されたわ！』

一瞬の静寂の後……捕虜収容所だけでなく、都市中から爆発的な歓声が上がった。

これは投影魔法か。ティルテュ王女の側には、やつれたオケアノス王が立っていた。

王に代わって、ティルテュ王女が号令を発する。

『皆の者、雌伏(しふく)の時は終わったわ。これよりは、カル様の軍と協力して、反撃に出るのよ！』

うぉおおおおおおおっ！

王女の声に触発され、捕虜収容所から鬨(かちどき)の声が轟いた。

捕虜収容所のあちこちから、爆音が響いてくる。

人魚族の兵たちが反乱を起こし、看守たちに襲いかかっているようだった。

「お見事ですティルテュ様！　さあ、不埒(ふらち)な侵略者ども覚悟せよ！」

冥竜に乗った人魚族の騎士イリスが、急降下して海竜の首を叩(たた)き斬った。

「これは、まさか謀られたのか⁉」

カルとティルテュ王女は、海竜王との決戦に向かったハズだ。オケアノス王を救出するとは、予想外だった。

「くぅううっ⁉　こ、この私が偽情報に踊らされたというの⁉」

聖竜セルビアも動転していた。

「カル兄様には、父様の浅知恵なんて通用しないんだよ！」

今度は飛竜に乗ったシーダが、大剣を叩きつけてきた。

重い一撃に、セルビアの魔法障壁が耐久限界を超えて砕け散る。

「ああっ、でも安心してね。殺しはしないからさ。父様は捕虜として連れて帰って、聖竜王の情報を吐かせるつもりだから」

「おのれ、シーダ！」

俺も剣を抜き放ってシーダに斬撃を浴びせるも、娘はそれを弾いた。

ぐっ！　かなり腕を上げておるな。子供とは思えんぞ。

「これでヴァルム家は領地召し上げ、お家断絶だね。あーあっ、私の言う通り、カル兄様の家来になっておけば良かったのにさ」

「な、なななんだとッ⁉」

お家断絶は俺がもっとも恐れる事態だ。屈辱と動揺に、剣が鈍る。

「ザファル！　離脱してカルの元に向かうわよ！　しっかり摑まっていなさい！」

「逃がすか！　ゼファー！　あの聖竜を撃ち落とせ！」

「承知！　我が主に楯突いた罪、死をもって償えぇぇぇぇ！」

「おわぁああああ！」

聖竜セルビアがシーダに背を向けて、全速力で逃げ出す。

冥竜ゼファーの【黒炎のブレス】が、俺たちに向かって発射された。空に爆炎の花が咲いた。

【カル視点】

その時、目の前の空間がグニャリと歪んで、聖竜セルビアと父上が現れた。

「えっ⁉　どうやってここに⁉」

ティルテュが、驚愕にわななく。

僕はある程度、予想が立てられていたので、冷静に事態を考察できた。

今のは空間転移。人間の魔法では実現不可能な奇跡に等しい現象だ。

おそらく、これが聖竜セルビアの特殊能力だろう。個体数の少ない聖竜は、それぞれ特別な力を宿している。

「くぅうう！　やってくれたわね。まさか、私たちに偽の情報を流すなんて⁉　まんまと騙されたわ！」

聖竜セルビアが、甲高い少女の声で叫んだ。

「セルビア、キミは聖竜王の手の者だな？　父上の配下の聖竜と、入れ替わっていたんだな？」

「ぐっ、私の名前まで。ええ、そうよ。ザファルが聖竜を支配下に入れたと自慢して回っていたので、使えると思ったのよ」

「カル、まさかお前に策を見破られていたとは……！」

父上は悔しそうに顔を歪めた。

「おかげさまで、僕も他人を疑うことを覚えました。セルビアの特殊能力については意外でしたが、父上はここで拘束させてもらいます。行くぞアルティナ!」

「任せるのじゃ!」

僕とアルティナは目配せして、まずは聖竜セルビアを倒すことにした。空間転移で逃げられたら、たまらない。

「ふん、甘いわ! 人魚族の王を閉じ込めておく牢獄に、なんのトラップも無いと思って!?」

セルビアが叫ぶと同時に、床に複雑怪奇な魔法陣が浮かび上がった。

「これが私の奥の手よ。【聖竜鎖(ホーリーチェーン)】!」

これはキーワードで強力な魔法が発動するように仕組まれた魔法トラップだ。

僕たちの身体を、床から伸びた光の鎖が幾重にも絡(から)め取る。

「くっ! 身動きができんのじゃ!?」

「魔力の集中も封じられている!?」

光の鎖は身体を拘束するだけでなく、魔法の発動も阻害するようだった。

さらには、僕の腰から魔剣グラムが消えて、父上の手に収まった。

物体の移動……これも空間転移の応用か。

「でかしたぞ、セルビア! くはははっ! 最後に勝つのは、やはりこの俺だ!」

「ええっ。早く冥竜王にトドメを刺しなさい。カルの得意属性はおそらく聖よ。彼は古竜さえ拘束するこの縛鎖を破るかもしれないわ」

聖竜セルビアの身体が光って、小柄な少女へと変化する。力を使いすぎたために、ドラゴンの姿を維持できなくなったようだ。

その言葉通り、僕はこの魔法を破るために頭をフル回転させていた。魔法術式の穴を徹底的に探す。

「……っ！　わかっておる。冥竜王、キサマを討ち取ってヴァルム家は、再び栄光を取り戻すのだ！」

父上は魔剣グラムを振りかざして、アルティナに突進した。

魔剣グラムは、アルティナの母親である初代冥竜王イシュタルを撃退した剣だ。イシュタルはその傷が元で、やがて命を落としたという。

「カル……!?」

アルティナが短い悲鳴を上げた。

父上の斬撃が、アルティナの細首に落ちる。

パッキィイイイン！

その瞬間、魔剣グラムの内側より黒炎が噴き上がり、魔剣は粉々に砕け散った。

「はっ……？」

父上は何が起こったかわからず、彫像のように立ち尽くす。

「ウソ……」

セルビアも呆然と、その様を見つめていた。

「ふぅ。まさにカルの狙い通りになったのじゃな」

アルティナが安堵の息を吐いた。

僕は【聖竜鎖】の解析を終えた。

精神を集中して、術式の脆弱な部分を起点に、魔法を分解していく。僕たちを拘束していた光の鎖が、みるみるうちに崩れ去っていった。

「魔剣グラムはヴァルム家の象徴ともいえる至宝です。それを父上がいとも簡単に手放すつもりは、無いと考えていました。必ず取り戻す方法があるものだと……なのでこちらも備えをしていました」

「はっ……？　こうなることを読んでいたというのか？」

父上が目を瞬いた。

「くぅ……」

少女となったセルビアは逃げ出そうとしたが、僕は【聖竜鎖】を使って拘束した。

どうやら空間転移は、無条件に何度も使える訳ではないらしい。

セルビアを光の鎖が、幾重にも絡め取って拘束する。

「ま、まさか、私の奥の手すらも盗んでしまったの⁉」

「当然じゃろう聖竜よ。わらわのカルを見くびるでない」

アルティナは得意そうに胸を張った。

【聖竜鎖（ホーリーチェーン）】には、なんとなくしっくりくる感覚があった。セルビアが言ったように、僕の得意属性は聖なのかもしれない。

「どういうことだ？　なぜ？　なぜ魔剣グラムが……⁉」

父上は現実が受け入れられず、わなわなと震えていた。

「魔剣グラムがアルティナの身体に触れた瞬間、【黒炎のブレス】が発動して、魔剣を内側から崩壊させるような魔法トラップを仕掛けていたんです」

「カルは体質的に、冥の竜魔法は扱えん。じゃが魔法を分析、改変して、その術式をわらわに伝えることはできるのじゃ。わらわは、魔法トラップに改変された【黒炎のブレス】をカルから教えてもらい。魔剣グラムに仕込んだのじゃ」

アルティナが上機嫌で解説した。

「弟子に教えられるとは、まさにこのことじゃのう。それに母様の命を奪った魔剣グラムを破壊できて、わらわは大満足じゃ！」

「カ、カイン・ヴァルムの末裔（まつえい）たる者が、魔剣グラムを破壊して、冥竜王を助けただと⁉　おのれ、カル！　お前はヴァルム家の面汚（つらよご）しだ！」

僕が行ったのは、伝説の英雄カイン・ヴァルムとは正反対のことだ。

家名をなにより重視し、先祖を崇拝してきた父上にとっては、許しがたい所業だろう。

「今さらのお言葉ですね。僕にとって大切なのは……僕の家族は、ヴァルム家ではなくアルティナです。彼女の命を奪おうとするなら、誰であろうと僕の敵です」

父上は僕に気圧されて、後退した。

「魔剣グラムも、魔法使いである僕には必要ありません。そんなモノに頼らなくても、僕には母上から与えられた無詠唱魔法がありますから」

「は、母から与えられた無詠唱魔法だと？」

「僕は聖竜王の呪いのおかげで、無詠唱魔法を身に付けざるを得なくなりました。でも、そのおかげで、僕は愛する人を守れるだけの力を手に入れました。父上は決して認めないでしょうが、僕が母上から与えられたのは、呪いではなく恩恵だったんです。今からそれを証明します」

僕はポケットに入れていた手袋を、父上に向かって投げた。

貴族の決闘の申し込みの儀式だ。名誉と体面を重んじる父上は、これで決して逃げられなくなったハズだ。

「勝負です父上」

「こ、この俺が間違っていたと言いたいのか……⁉　クソッ、侮るなよ！」

父上の身体から魔力が噴き上がる。父上は高速詠唱で、複雑かつ強大な魔法を瞬時に編み上げた。

「【焔鳥（ほむらどり）】！」

翼を広げた超高熱の炎の鳥が、父上の手のひらから出現し、僕に飛びかかってきた。

「ヴァルム家に伝わる火属性の奥義（おうぎ）だ！　消し炭になるがいぃいいいい！」

確かにすごい魔法だ。でも、怖くはない。

古竜と対峙（たいじ）して、より高度な竜魔法を修得してきた僕には、その術式の構造が瞬時に理解できた。

「【焔鳥（ほむらどり）】」

父上の詠唱を竜言語に翻訳し、竜魔法として放つ。竜魔法は、人間の魔法の上位互換だ。

「なにぃいいいいッ⁉」

父上の魔法の5倍近い大きさの炎の鳥が出現した。凝縮された熱量も、相手の比ではない。

「火竜王の操る炎にも劣らぬ威力じゃな！」

「すごいわ！」

アルティナとティルテュが、感嘆の声を上げる。

僕の魔法は父上の魔法を呑（の）み込（こ）み、父上に襲いかかった。

「ぎゃあああああッ⁉」

父上は死の恐怖に絶叫した。

だが、僕がパチンと指を鳴らすと、炎の鳥は幻のように消え去る。

「えっ、あ……」

目を瞬く父上の股間は濡れていた。恐怖に失禁してしまったらしい。

「まるでザファルが子供扱いじゃないの……ッ！」

セルビアが舌打ちした。

「思えば魔法を教えていただくのは、これが初めてでしたね。さすがはヴァルム家の奥義だけあって、強力です」

「い、一度、見ただけで【焔鳥】をモノにしてしまっただと……⁉」

「しかも威力は5倍以上に増しておるのじゃ」

「バカな！　バカな⁉　おのれっ！　お前の得意属性は火だったのか⁉　それでは、これはどうだ⁉　これこそ俺の切り札だ！」

父上はさらに複雑な詠唱を始める。これは冥と水の複合魔法だ。父上はかなり珍しい冥と水、2つの魔法適性を持つ者だった。

「広範囲攻撃魔法ですって……⁉　あなた、私もいるのに⁉」

セルビアから非難の声が上がるが、父上は構わず魔法を放った。

「お前が助けようとした人魚ともども氷漬けになるがいぃいい！　【氷の監獄】！」

追い詰められた父は、もはやなりふり構ってはいられないようだった。

極低温の冷気の嵐が吹き荒れ、地下空洞全体に白い氷が広がった。

「【聖竜盾】！」

「きゃぁあああ！　ってあれ、何ともない……？」

ティルテュが父王にしがみついて悲鳴を上げるが、キョトンとして身体を見下ろす。

その周囲には、輝く聖なる魔法障壁が出現していた。

「これは聖竜の得意魔法じゃな！」

アルティナが指を鳴らす。僕と彼女の周りにも僕は障壁を展開し、冷気をシャットアウトしていた。

「ノ、ノーダメージだと⁉」

平然と立つ僕たちを見て、父上が目を剝く。

「……ぐぅう。私は甚大なダメージを受けたわよ……」

セルビアだけが、痛みに顔をしかめていた。

その間に、僕は今の魔法の解析に成功した。

僕は冥属性に適性がないので、今の魔法を完全に再現するのは難しいけど……

試しに水属性だけで、やってみようか。

「【氷の監獄】！」

魔法詠唱を竜言語に翻訳。さらに水属性だけで、同じことができるように即興で改変して放った。

「ひゃぎぁあああ！」

結果、効果範囲は狭いが、より絶対零度に近い冷気を放てた。

父上は慌てて魔法障壁を出現させたが、そのガードを突き破って、両足を氷漬けにする。

「おおっ。見事なアレンジじゃな！　単体の敵には、こちらの方が有効じゃ」

アルティナが賞賛の声を上げた。

「……まさか、まさか、詠唱無しで俺以上の威力を⁉」

「これが古代文明の叡智、無詠唱魔法です。いずれハイランド王国の魔法は、すべて無詠唱魔法に置き換わります。父上の魔法は……時代遅れです」

「うおぉおおおお！」

父上は痛みにうめきながらも、回復魔法を発動する。その両足が、ゆっくりではあるが元通りになった。

「おのれ、化け物め！　こんな、こんな力……！　人の域を超えているではないか⁉」

恐怖に震える父上は、すでに戦意を喪失していた。

もう十分だろう、勝負はついた。天国にいる母上もこれ以上は望んでいないハズだ。

「父上、聖竜王に寝返ることで手に入れた情報をすべて渡して下さい。ヴァルム家を残したいのであれば、これが最後のチャンスです」

「ヴァルム家を残したければだと……？」

父上は愕然と目を見開いた。

「そうです。情状酌量の余地を作って、ヴァルム家の存続を許してもらえるようにシスティーナ王女殿下に頼んでみます」

「ザファル・ヴァルムよ。おぬしが聖竜王に寝返ったなどという事実が表沙汰になれば、ヴァルム家は取り潰しになるじゃろう。それを覚悟の上で、この暴挙に出たのであろう？」

「ぐぅおおお……っ！」

唇を噛みしめる父上は、まさか自分が破滅するとは思っていなかったようだ。

「僕はヴァルム家を滅ぼしたいとは考えていません。僕が生まれ育った家ですからね。引き返すなら今です。聖竜王について、知っていることをすべて話してください」

僕は父上に最後通告を突きつけた。

「ヴァルム家は竜殺しの一族。最後にその正道に戻っていただけませんか？」

「……カルよ。わ、わかった……俺の負けだ。お前がこれほどの男だったとはな……」

父上は憑き物が落ちたようにうなだれた。

「俺は父からヴァルム家の栄光を守れと厳しく躾けられた。それだけが、俺の人生のすべてだったのだ……だ、だが、正道を外れては栄光もクソも無かったな……聖竜王について、知ったことを話そう」

「ザファル・ヴァルム！　その口を閉じなさい！　さもなければ、どのような手段を講じても、聖竜王様はあなたを殺すわよ！」

僕の魔法に拘束された少女セルビアが金切り声を上げた。

「構わん。どちらにせよ、俺は処刑されるだろう……俺は栄光に狂っていた。それで妻や息子にも辛く当たってしまった。せめて最後に、竜殺しのヴァルム家当主としての正道に戻りたいと思う」

父上はどこかホッとしたように微笑した。

「カルよ。俺に改心の機会をくれたことに感謝する。そして、今やアルスター男爵家こそが、英雄カイン・ヴァルムの正当なる後継と言えるだろう。アルスター男爵家を盛り立てていってくれ。それが、俺の最後の願いだ……」

「はい、父上……わかりました」

もしかすると、父上も『栄光』という名の呪いに苦しめられていたのかもしれない。

栄光を失うことで、ようやくその呪縛から解放されたような気がした。

「聖竜王は俺の他にも、ハイランド王国内に内通者を作っているようだ。俺の見立てでは怪しいのは……」

「やめなさいぃいいいッ！」

セルビアが怒鳴る。

その時、爆音と共に天井が破れ、大量の瓦礫が降ってきた。

「親子喧嘩はおしまいか？　カイン・ヴァルムの末裔ども！」

「おぬしは海竜王リヴァイアサンか⁉」

アルティナが驚愕する。

天井を突き破ってきたのは、鋼のような肉体をした大男だった。まるで猛獣のような荒々しい闘気を放っている。

「リ、リリリリ、リヴァイアサン⁉」

ティルテュが歯の根も合わないほどに震えた。

……これはまずいな。

「アルティナ！　父上も連れて、みんなで【オケアノスの至宝】の元へ！　僕はここで海竜王を足止めする！」

「なんじゃと⁉」

一目見てわかった。海竜王の力は、人間の形態でも、今まで戦ってきた古竜をはるかに凌駕する。

これでドラゴンの姿になったら、どれだけの強さとなるのか想像がつかない。

一刻も早くアルティナの封印を解かなくてはならなかった。

「わわわっ、わかったわ！　お父様、至宝の元に案内してください！　冥竜王の封印を解きます！」

「なにぃ⁉　冥竜王とな？」

事情を知らされていないオケアノス王は、仰天していた。

「海竜王！　その男を、裏切り者のザファル・ヴァルムを殺しなさい！」

「情けないヤツだなセルビア！　それでも聖竜王の腹心か？　殺りたければ、てめぇの力でやるんだな！　俺は久々に全力で戦えそうで、たぎってんだよ」

「くっううう！　この戦闘狂が⁉」

セルビアは口惜しそうに呻く。

「情けねえ冥竜の小娘になんざ興味はねぇ。俺の軍団を翻弄してくれた、カル・アルスター！　ここからは、大将同士の一騎打ちと、しゃれこまねぇか？」

海竜王リヴァイアサンは、僕を指名してきた。すさまじい威圧感が浴びせられる。

「望むところだ」

僕はみんなを庇うために前に出た。

「カルよ。海竜王は物理攻撃を得意としているのじゃ。七大竜王の中で、最もパワーが強い。接近戦は絶対に避けよ！」

「わかった。ありがとうアルティナ」

「はっ、良い度胸だ。こいつは楽しめそうだな！」

海竜王は獰猛（どうもう）に舌舐（な）めずりした。

第五章　海竜王との決戦

この地下空洞は、広いとはいえ閉鎖空間だ。

ここでは距離を取っての魔法攻撃の撃ち合いになりにくい。海竜王にとって、有利な地形といえた。

「行きましょう、お父様！　ほら、ザファル・ヴァルムも、行くわよ！」

「ぬっ……わかった」

ティルテュにどやされて、父上もその後に付いて行く。

「海竜王はまだ、カルをあなどって人間の形態を取っておるのじゃ。ドラゴンの姿になる前に決着をつけるか……もしドラゴンになったら、わらわが駆けつけるまで、全力で逃げるのじゃぞ！」

アルティナは警告を発すると、僕を気にかけながらも駆け出した。

今、何を優先すべきなのか、彼女も良く理解しているのだろう。

「アルティナ。おそらく、そちらも海竜王の手下に阻まれると思うから、気をつけて」

僕は【筋力増強（ストレングス・ブースト）】を自分自身にかけた。呪文詠唱を竜魔法に翻訳して、より増幅率を高めた筋力バフ魔法だ。

　かつてない力が全身にみなぎる。

「父上！　ティルテュたちのことをよろしく頼みます」

「わかった。ヴァルム家当主の名にかけて、この者らを守ろう……武運を祈る」

　力強く父上が頷（うなず）いた。

　父上が本当の味方になってくれるなら、心強い。安心して、海竜王との戦いに専念できる。

「へぇ～っ。やるじゃねぇか。人間にしては、大したパワーだ。並の竜なら素手で殺せそうだな」

　海竜王リヴァイアサンが賞賛の口笛を吹く。

「感心している場合ではないわ！　早くソイツら全員、皆殺しにするのよ！」

　セルビアが声を荒らげる。

「盛り上がっているところに水を差すんじゃねぇよ。むしろ、隠されていた至宝を手に入れるチャンスだろう？　例え封印が解（と）けようと冥竜王の小娘ごとき、この俺の敵じゃねぇ！　お前は黙って見ておけ！」

　どういうことだ？　僕は疑問を感じた。

【オケアノスの至宝】を竜王たちが確保しようとしているのは、アルティナの封印が破られないためじゃないのか？　にもかかわらず、アルティナの封印が解けても構わないというのは、好戦的な海竜王の性格から考えても少し変だ。

「【オケアノスの至宝】を使って、お前たちは何をしようとしているんだ……？」

「さあな。２０００年以上も生きているクセに心配性の奴が考えることなんでな。俺にもよくわからん」

２０００年以上も生きている奴というのは聖竜王エンリルのことだろう。聖竜王はもっとも長命なドラゴンだ。

その聖竜王が何かを恐れて、対策のために至宝を手に入れようとしているということか……？

なら、至宝はやはり絶対に手に入れなくてはならないな。

「くううう！　余計なことを！　この身さえ自由になれば……ッ！」

セルビアは必死に【聖竜鎖】を解除しようとしているが、しばらく時間がかかるだろう。

今は、海竜王との勝負に全力を注ぐべきだ。

「ハハハハハッ、それじゃ行くぜぇ！」

大地を踏み砕いて、海竜王が突進してきた。まるで猛風と化したかのような動きだ。

一瞬で、スピード勝負では勝てないと悟った。なら動きを止めるまでだ。

「【聖竜鎖】！」

僕は海竜王を、地面から伸びた無数の光の鎖で絡め取る。

ヤツが動きを止めた瞬間、海竜の弱点である雷属性攻撃を叩き込んだ。古竜ブロキスから盗んだ僕の最強の攻撃魔法だ。

「【雷吼のブレス】！」

「うぉおおおお⁉」

雷撃の激流が海竜王を飲み込み、地面を爆散させた。地下空洞全体に激震が走る。

「ホ、ホントに人間なの、あなた⁉」

セルビアが息を飲む。

「やるなぁああ！　少なくとも上位古竜並の実力はあるようだ」

光の鎖を引き千切って、五体満足な海竜王が姿を見せた。

身体の表面に火傷は負っているが、笑う姿からは余裕が感じられる。

「今度はこちらから、行くぜ！」

「【ウインド】！」

海竜王が飛びかかって来ると同時に、僕は床を蹴って距離を取る。

爆風を噴射させて加速したが、気付いたら真正面に海竜王が迫っていた。

「いい動きだ。人間にしてはなぁああ！」

「【聖竜盾】五層展開！」

放たれた海竜王の拳を、5つ重ねた聖なる魔法障壁で防ぐ。

ドバァァアアーンッ！

音速を超えた鉄拳は衝撃波を発生させ、地面に無数の亀裂が走った。

堅牢な【聖盾（ホーリーシールド）】が4つまでガラスのように爆（は）ぜ割れた。ヤツの拳は最後の5つ目でギリギリ、止まる。

危ない。間一髪だった。

「へぇ！　俺の拳を受けて死ななかったヤツは、数百年ぶりだぞ！」

海竜王は豪快に笑った。

僕はその隙に距離を取る。冷や汗が滲（にじ）み出た。

マズイ。こんなペースで上位竜魔法を使ったら、さすがに魔力が底をついてしまうぞ。

こちらの攻撃は、あまり効果を発揮していないようだし……このままだと、足止めどころか5分も保たないだろう。

アルティナたちのためにも、なんとかしないと……！

「おもしれぇ。俺の拳にどこまで耐えきれるかな⁉」

海竜王が突進してくる。

人間など原型も残さず破壊する拳が放たれた。

その瞬間、僕の頭は冷たく冴（さ）えた。世界の裏の裏まで見通せるような不思議な感覚……

初めてアルティナと出会った時や、古竜ブロキスに勝利した時と同じ感覚だ。

0．01秒が無限に近いほど引き延ばされる。

そうだ……魔力が足りないなら、魔力の消耗を抑えるように魔法を改良できれば良いんじゃないか？

その閃きに従って、【雷吼のブレス】の魔法術式を、改良。魔力消費を抑えつつ、今までと同じ威力が出せるように、魔法の構造を書き換えていく。

より効率的に。より、身体への負担が少なくなるように……

「【雷吼のブレス】5連！」

「なんだとぉおおお⁉」

僕は【雷吼のブレス】を一度に5つ発射した。それらは1つに合体して、超極太の雷撃となる。

本来なら魔力が一気に枯渇して、命すら危なくなる暴挙だ。

だが、魔力の消費効率を極限まで追求した【雷吼のブレス】は、今までの100分の1の魔力で使えた。

特大の稲妻に撃たれて、海竜王が吹っ飛び壁に激突した。

「まっ、まさか、人間ごときが海竜王リヴァイアサンを吹っ飛ばした⁉」

セルビアが驚愕に打ち震える。

海竜の弱点である雷属性の上位竜魔法を、5つ叩き込んだのだ。海竜王と言えど、大ダメージを受けただろう。

僕は荒い息を吐いて、瓦礫に埋もれた海竜王を見つめた。

無茶な魔法の改良と行使を強行したためか、ひどい頭痛がする。脳の神経が焼き切れそうだ。

「やりやがるなぁ！　もうお前を人間だと思うのはやめだ！」

瓦礫が爆散し、血を流した海竜王が姿を見せる。その右肩が弾け飛んで、右腕は失われていた。

だが、海竜王が呪文を紡ぐと、時間を巻き戻したように腕が再生する。

「……すごい回復魔法だ。だけど、距離が遠くて解析ができなかったな」

僕は肩を落とした。

残念だ。海竜王の魔法も習得してみたかったのに。

「ちょ、調子に乗りすぎよカル・アルスター！　解析ですって？　まさか海竜王の魔法すら盗もうというの⁉　無理に決まっているでしょう！」

「無理？　やってみなくちゃわからないだろう？」

「はぁっ⁉」

セルビアは絶句する。

「僕は魔法が詠唱できない。だから、魔法が使えないと言われてきた。でも、それは間違いだった。だから、わかる。できないというのは単なる思い込みだ。例え、今は無理でも時間さえかければ、海竜王の魔法も必ずモノにしてみせる」

「ハハハハハッ！　なるほど、その貪欲さがお前の強さの根源か！」

海竜王は豪胆に笑った。

「ハッ、いいぜ。脆弱な人魚の相手なんざ、飽き飽きしていたところだ。ここからは俺も魔法を全開で使ってやる。どうだ？　ワクワクするだろう」

「見せてくれるのか……？　海竜王の魔法を」

ヤツの言葉通り、僕は胸が高鳴るのを感じた。

思えば実家にいた時から、魔法が使えないにもかかわらず、魔法を学ぶのが楽しくて魔導書を読み漁っていた。

無詠唱魔法が使えるようになった今、ますます魔法を学ぶのが楽しくなっている。

「見た瞬間、死ぬかもしれねぇがな！」

「海竜王、遊ばずに一気に決めなさい！　ソイツは【雷吼のブレス】を一瞬で進化させたのよ！　そんなことは地上のどんな種族でも不可能だわ！」

拘束された聖竜セルビアが絶叫する。

「今、確信したわ。おそらく、ソイツこそが聖竜王様のおっしゃられていた【無の光刃】を振るう者よ！」

海竜王は突如、表情を引き締めて僕を睨みつけた。

「なに？　……いや、まさか、聖竜王が言っていたエレシア文明の遺産。それはお前のことなのか？」

なんのことだ？

「ふん、だとしたら確実に、お前をここで叩き潰さなければならねぇな。いいぜ。どちらにせよ、お遊びは終わりだ。俺の真の力を見せてやる」

海竜王リヴァイアサンの身体が膨れ上がる。その身が、一瞬で地下空洞の天井を突き破った。

降り注ぐ大量の土砂と瓦礫の中、巨大なドラゴンが僕を見下ろす。全身から溢れ出す、魂を押し潰すかのような威圧感。

これが海竜王の正体か。

「きゃぁあああああ！　そうよ、全力で叩き潰すのよ！」

地下空洞の崩落に巻き込まれながらもセルビアが叫ぶ。

僕は【聖竜盾】で、全身をガードしつつ、【ウインド】の爆風を噴射して、地上へと飛び上がった。

「へっ、やはり生きていたか。土砂に生き埋めにされておしまいじゃ、締まらねえからな」

海竜王が歓喜に満ちた濁声を響かせる。

デカい……まるで、山がしゃべっているかのようだ。

外では決起したオケアノス軍と、海竜王の軍が衝突していたが全員が手を止めた。

海竜王リヴァイアサンの威容を目撃した者たちから、恐怖の絶叫が響きわたる。

「さぁ、行くぜぇえ！　見事、自分のモノにしてみやがれ【酸弾檻（アシッドバレットジェイル）】！」

海竜王の周囲の空間から、無数の水の弾丸が出現、亜音速で発射された。

古竜フォルネウスの魔法とは似て異なるモノだ。この水弾は強烈な酸であり、触れた物体を溶かした。

「ぐうううっ⁉」

僕は5つ重ねた【聖竜盾（ホーリーシールド）】で防ぐ。

同時に今できる最大最強の攻撃、5つ束（たば）ねた【雷吼（らいこう）のブレス】――名付けて【五頭竜の雷吼（らいこう）】で反撃する。

極太の雷光が海竜王を叩くが、山のような巨体は小揺るぎもしなかった。

「ハハハハハッ！　蚊に刺された程度だな、そんなもんか？」

僕の魔法障壁が、次々に破られる。その度に新しい【聖竜盾（ホーリーシールド）】を張って防ぐが、魔力の消耗が激しすぎる。

起死回生の一手に賭（か）けるしかない……！

「【酸弾檻（アシッドバレットジェイル）】！」

僕は海竜王の魔法を、そのまま返した。その巨体に豪雨のような酸の弾丸を叩き込む。

「おおおおっ！　やりやがるな！　だが、俺の再生能力の前では無意味だぞ？」

僕の魔法は、海竜王の身体に無数の穴を開けるが、それが異常な速度で塞がった。

ヤツの無尽蔵な再生能力が、魔法によるダメージを0に戻してしまう。

これは……生物というより、もはや天災を相手にしているかのようだ。

「すげぇ！　誇っていいぜぇ、お前は！　この海竜王と真っ向からやりあったんだからな！」

海竜王が右腕を振り上げ、僕に叩きつけようとした。

地面を蹴って離脱しようとするが、攻撃範囲が広くて間に合わない。

くそっ、万事休すか……っ！

海竜王に対抗するには、破壊してしまった魔剣グラムが必要だったのかも知れない。思えばあの剣は不思議と手に馴染んでいた。

そう言えば伝承では、魔剣グラムは例え失くしても持ち主の元に戻ってくるのだったな。破片でも残っていれば……

そう思った瞬間、僕の脳裏に無機質な声が響いた。

『個体照合――竜殺しプロジェクト【カイン02】。アストラル適合率99.998％。当該個体をマスターと認定し【魔剣グラム】、機能解放します』

「なにぃいいいい？　まさか、その剣は……⁉」

海竜王が驚愕の声を上げる。

気付けば、僕の手には【黒炎のブレス】で砕けたハズの魔剣グラムが握られていた。

「……なっ、復元されている？　この剣には復元能力まであったのか？」

頭上を防御すべく、とっさに振り上げた魔剣グラムから、輝く光の刃が伸びた。

スパンッ！　と海竜王の腕が両断される。

「ギャアアアアア⁉」

海竜王リヴァイアサンの苦痛の絶叫が轟いた。


【アルティナ視点】

「おぬしら、退くが良い！」

わらわは立(た)ち塞がった海竜どもに、【冥火連弾(ヘルファイア)】の黒い火球を撃ち込んだ。


ギャアアアアッ!!


奴らは断末魔の叫びと共に消し炭になる。

「よし、急ぐのじゃ！」

「さすがねアルティナ。お父様、行きましょう！」

「うむ」

オケアノス王の案内で、わらわたちは至宝が眠る隠し部屋へと向かっていた。

カルの才能は底知れぬが……ひとりでは海竜王リヴァイアサンに勝てる可能性は低いじゃろう。

わらわが力を取り戻して、1秒でも早くカルの元に駆けつけなくては……

ひりつくような焦燥が胸を焦がす。

「冥竜王よ……お前は力を温存しておけ、露払いは俺が引き受けよう」

「なぬっ？　おぬしがか……？」

わらわに助力を申し出てきたのは、ヴァルム家当主ザファルじゃった。

「海竜王に対抗できるのは、カルを除けば、お前しかいないだろう。俺では、悔しいがたとえ魔剣グラムがあったとしても力不足だ」

これは意外じゃな。

わらわの愛するカルを無人島に追放した鬼のような父親。ただの嫌なヤツだと思っておったが、なかなか殊勝なことを言うではないか？

「冥竜王、お前には……感謝している。お前と出会ったことで、カルはその才能を開花させたのだからな。まさか俺の息子が、海竜王と渡り合うまでに成長するとは……俺の目はつくづく

「……おぬしがカルにした仕打ちは許せぬが、わらわもカルと出会えたことには感謝しておる。カルと出会わなければ、わらわは今も穴蔵で聖竜王の影に怯えて、引きこもり生活をしていたことじゃろう」

「ありがとう。どうか息子を……カルをよろしく頼む。ヴァルム家は滅びても、英雄カイン・ヴァルムの高潔な血と魂は、アルスター男爵家に受け継がれていくだろう。俺はもはや、それが見届けられれば満足だ」

ザファルは複雑な笑みを浮かべた。

聖竜王の手先なんぞにたぶらかされる前にその結論に達していたら、良かったのにの。

……いや、今からでも遅くないと、喜ぶべきか。

どのような処罰がヴァルム家に下されるにせよ、もうカルは父親と対立せずに済むのじゃからな。

「ふん！　言われなくても任せておくのじゃ。わらわとカルの結婚式には、おぬしも父として列席させてやろう」

わらわは鼻を鳴らした。

すると、行く手を半魚人の大部隊が阻んだ。

くっ、邪魔な連中じゃの……

「この程度であれば、造作もない。いでよ【焔鳥】！」

ザファルが超火力の炎の魔法で、一撃で蹴散らした。悲鳴を上げる間もなく、魔物どもは消滅する。

「さすがは、カル様のお父様だわ！」

ティルテュが感嘆の声を上げた。

「わらわも魔力の消耗が抑えられて助かるのじゃ」

「この程度では罪滅ぼしにならぬだろうが……雑魚の相手は任せろ」

ザファルは押し寄せてくる海竜王の配下を、物ともせずになぎ倒す。海竜すらもザファルの敵ではなかった。

これは頼もしいの。

これもザファルに改心の機会を与えたカルの器の大きさの為せる業か。

カルの強さの根源は魔法の才などではなく、その器の大きさじゃな。故に、カルの周りには自然に人が集まってきて、一国を左右するほどの勢力となっておる。

かつて、ゼファーたちに見放されたわらわだからこそ、わかるのじゃ。いかに個人的に強くても、助けてくれる者がいなくては、本懐を遂げることはできん。

「ここだ！　ここから至宝のある隠し部屋に入れるのだ！」

オケアノス王が、巨大なレリーフの刻まれた壁の前で足を止めた。

王がなにやらキーワードのような言葉を呟くと、壁に入口ができる。

「……これは古代エレシア文明の遺跡じゃな？」

中はすり鉢状の部屋だった。

わらわの隠れ家にあった治療カプセルに似た機械類が、部屋中を覆っていた。

「ここは本来なら人魚の王族以外は、絶対に入ってはならぬ禁断の領域……残念ながら、冥竜王殿の質問にはお答えできませぬ」

オケアノス王は、顔をしかめた。

なるほどの。わらわのことを完全には信用してはおらぬということか。冥竜どもがオケアノスで好き放題暴れたらしいから、仕方がないの。

じゃが、ある程度の察しはついたのじゃ。

この海底都市そのものが、おそらく古代エレシア文明の遺産なのであろう。

海底にこんな高度な都市を造るなんぞ、信じられぬのう……

とすると、ここは海底都市の中央制御室といったところかの？

「ほう。もしや、これが【オケアノスの至宝】か……？」

部屋の中央には、青く輝く宝珠が神秘的な輝きを放っていた。思わずため息が出る美しさじゃ。

「そうです。ティルテュよ、これを」

王はその宝珠を手に取って、ティルテュに渡した。

「この【オケアノスの至宝】は、人魚族の王族にしか使えぬ。万が一にも、われらに仇なす者に悪用されぬためにな」

「はい、お父様！　それで、これはどうやって使えば良いのですか？　早くしないとカル様が！」

ティルテュは切迫した様子で尋ねた。

すると、爆音と共に大地が大きく揺れた。

危うく転倒しそうになって、壁にしがみつく。

「むっ！　海竜王がドラゴンの姿になっておるじゃと……!?」

部屋の壁に設置された大型スクリーンに、雲を突くような海竜王の巨体が映し出された。

ヤツが暴れまわるせいで、海底都市に大きな被害が出ているのじゃ。

「なんてこと!?　このままではオケアノスが壊滅してしまうわ！」

「カルが戦っておるのじゃ！　早くしてほしいのじゃ！」

わらわも焦りを抑えられなかった。

「ティルテュよ、至宝にありったけの魔力を流し込むのだ！　さすれば半径100メール以内の、人魚族以外の者が使った魔法が無効化される」

「わかりましたお父様！　【オケアノスの至宝】よ。お願い、冥竜王の呪いを解いて！」

ティルテュが目をつぶって大量の魔力を流し込むと、【オケアノスの至宝】から、爆発的な蒼い輝きが溢れ出した。

それが、わらわの身を縛る見えない呪いを消滅させていくのがわかった。

おおっ、ようやく、ようやく……聖竜王の呪縛から解き放たれることが、できるのじゃな。

これも、すべてカルのおかげじゃ。わらわひとりでは、絶対にここまでたどり着けなかった。

「者ども！　人魚族の王女を【オケアノスの至宝】を探せ！　この俺に献上するんだぁああ！」

海竜王の追い詰められた絶叫が都市中に轟いた。

あやつめ、今になって至宝を欲するだと……？

よくわからんが、そうはさせんのじゃ。

「待っておれよ、カル。今、わらわが行くからの！」

わらわは外に飛び出すと、冥竜の姿へと変身した。黒い爆発的な力が全身から溢れ出した。

【カル視点】

海竜王リヴァイアサンの切断された腕が、嘘のように再生した。

恐るべき再生能力だが、怒りに歪む海竜王の顔に、さきほどまでの余裕はなかった。

「ちくしょぉおおお【金剛竜鱗】！」

ヤツの両腕が黄金に輝く。

僕は詠唱の内容からその効果を見抜いた。

「防御力強化バフか……⁉」

腕の硬度、強度を飛躍的に高めたのだ。元々、頑強な竜の鱗が、恐らくオリハルコン以上の硬度になっているだろう。

「その剣はヤベェ！　お前ごと原型も残さず、ぶっ潰してやるぜぇえええ！」

海竜王が拳を撃ち落としてくる。地形すら変えてしまうだろう極限の一撃だった。

迷っている暇はない。

「ハァアアアア——ッ！」

その拳を、僕は魔剣グラムより伸びた光の刃で斬り上げた。

この光刃を形成する魔力は、聖、冥、火、風、地、水、雷、この世界を構成するいずれの属性でもなかった。

僕は頭の片隅で考える。消去法で考えられる可能性はひとつしかない。

この刃はより根源的な力——無属性の魔力で形成されているじゃないのか？

「バカなぁあああ！　この俺の最高の一撃だぞ⁉　なんだその力は⁉　ま、まさかそれが……⁉」

海竜王が拳を切断されて、苦痛の声を上げる。

これで確信した。この絶大なる攻撃力は、すべての属性の上位に位置する無属性でしかあり得ない。

無属性は、魔法研究者の間で、存在はしているとされているが、実在は確認されていない幻の属性だった。

僕の得意属性は聖かと思ったけど、違うとハッキリわかった。

僕の得意属性は『無』だ。かつてない力が魔剣グラムを通じて、顕現しているのを感じる。

「ぐぉおおおお！　聖竜王の予言は正しかったか⁉　至宝！【オケアノスの至宝】はどこだ⁉　アレさえ有れば⁉」

海竜王はキョロキョロと視線を、半壊した王宮に向けた。

なんだ？　今さら【オケアノスの至宝】を探しているのか？

いや、待てよ。

そもそも聖竜王たちが、【オケアノスの至宝】を求めていたのは、この【無の光刃】に対抗するためなんじゃないか……？　そうか【無の光刃】を至宝の力で消すつもりなんだな。

そうは、させるものか。ティルテュやアルティナを僕が守るんだ。

「ぐっ……！」

僕は海竜王に追撃を加えようとしたが、足元がふらついた。

どうやら、魔剣グラムに一気に大量の魔力を吸われたためらしい。

マズイな。この【無の光刃】をマトモに使えるのは、おそらくあと2、3回が限度だ。

「者ども！　人魚族の王女を【オケアノスの至宝】を探せ！　この俺に献上するんだぁああ！」

余裕を無くした海竜王が絶叫する。

そこにあるのは怯えだ。

ヤツは、おそらく自分の命を脅かすほどの強者と戦った経験は、無かったのだろう。

戦闘を楽しめていたのは、自分が常に優位だったからだ。

「そうはさせるか、愚か者め！」

その時、凛とした少女の美声が響いた。同時に、王宮から漆黒の鱗を持った禍々しいドラゴンが出現する。大気が震撼するかのような絶大な魔力が、黒竜より放たれた。

あれはまさか……

「アルティナか⁉」

「おおっ！　カルよ、待たせたのじゃ！　ティルテュもオケアノス王も無事じゃぞ！　すべては、おぬしのおかげじゃ！」

これが冥竜王アルティナの真の姿か。

海竜王より小さくはあるが、見る者を畏怖させる威容だった。

「海竜王リヴァイアサンよ。おぬしは、もはやカルに勝つことはできぬ。なぜなら最強の竜殺しカル・アルスターには、いついかなる時もこの冥竜王アルティナが付き従うのじゃからな！」

アルティナは咆哮と共に、猛スピードで僕の前に飛翔してきた。

僕は風を操ってその背に飛び乗る。アルティナが力を貸してくれるなら、怖いものなど何もなかった。

「アルティナ、一緒にヤツを倒すぞ！」

「おう！　我らにかなう者など、天上天下に誰ひとりおるまいて！」

「お、お前らぁああああ！」

海竜王が破れかぶれの雄叫びを上げた。

追い詰められたとはいえ、大海の王たるその力は侮れない。

「行くぞアルティナ、【金剛竜鱗】！」

僕は海竜王が使ったバフ魔法をアルティナにかけた。

「なにぃいいい!?　全身を金剛化だと!?」

「これは……すごいのじゃ！　極限とも言える攻防一体のバフ魔法じゃな！」

海竜王が瞠目し、アルティナが歓声を上げた。

アルティナの全身が黄金に輝き、物理防御力と魔法防御力が、飛躍的に跳ね上がった。

僕は【金剛竜鱗】を改良し、腕だけでなく、アルティナの全身にその効果を行き渡らせた。

「くそぉおおお！　だが、パワーなら圧倒的に俺の方が上だぁ！　クソガキどもが、ぺしゃんこにしてやるぜぇ！」

海竜王が尻尾を鞭のように振るって、叩きつけてきた。

尻尾に【金剛竜鱗】を付与しており、黄金に輝いていた。当たれば山をも砕くであろう一撃だ。

こちらも全力で迎撃するしかない。

僕は魔剣グラムに魔力を注ぎ込もうとし……

「カルよ、ここはわらわに任せるのじゃ！」

アルティナが拳を振るうと、海竜王の尻尾は水風船のように砕け散った。

「ぎゃあぁあああああ⁉」

「ぬっ、わらわのダメージは０⁉」

アルティナは目を瞬いて、唖然とする。

「ドラゴンの姿になったアルティナの力は想像以上だな」

これは頼もしい。

「いや、わらわの地力ではなく、明らかにカルの魔法のおかげじゃぞ。これは……」

「おっ、おおお、おのれ……！」

海竜王の尻尾は瞬時に再生するが、ヤツの顔には苦悶が浮かんでいた。

海竜王の生命力とて無限ではないのだろう。消耗し、怯んだ今がチャンスだ。

「一気に畳み掛ける。アルティナ、【黒炎のブレス】だ！　合わせてくれ！」

「おう！　任せるのじゃ！」

アルティナが詠唱に入る。今までとは比べ物にならない絶大な力が、その口腔に収束されていく。

僕も魔剣グラムに残りのありったけの魔力を注いで、巨大な【無の光刃】を生み出した。

「お、俺は大海の支配者、海竜王リヴァイアサンだぞ！　たかだか400年程度しか生きていない小娘とガキごときが、どうにかできると思ったか⁉」

海竜王は大口を開けて、ドラゴンブレスを発射する構えを見せた。

地殻すら揺るがす強烈な魔力が、その身から溢れ出す。おそらく、切り札の竜魔法を放つつもりだ。

「砕け散れぇえええ！【氷海のブレス】！」

白く輝く絶対零度のドラゴンブレスが、撃ち出された。万物を凍てつかせる猛威が迫りくる。

これに対抗するには、限界以上の魔力を絞り尽くすしかない。

「おぉおおおおお――っ！」

「【黒炎のブレス】！」

僕とアルティナの最大最強の技が、【氷海のブレス】を迎え撃った。

その時、不可思議な現象が起きた。僕の【無の光刃】がアルティナの【黒炎のブレス】を絡め取って吸収したのだ。

「なにぃいいい⁉」

【無の光刃】はドス黒く変色し、爆発的に威力が増した。凶悪な【黒い光刃】が【氷海のブレス】を断ち切って、突き進む。

そうか無とは根源なる無色の力。アルティナの冥の力を吸収して、変質、強化したのか？

いや、それだけではない。【氷海のブレス】の余波が、僕たちに一切届いていない。

「俺の俺の……【氷海のブレス】が飲み込まれているだと⁉」

海竜王が恐怖の絶叫を上げた。

【無の光刃】が吸収しているのは、【黒炎のブレス】だけではなかった。

海竜王の【氷海のブレス】をも飲み込んで変質し、さらに威力を増していく。

「あぁあああああ！　化け物めぇ……！　てめぇはやっぱり人間じゃあ……！」

その叫びが最後だった。

海竜王は【二色の光刃】に叩き斬られる。その巨体が光の粒子となって崩れ、跡形もなく消滅した。

大海の支配者として、人々から恐れられた海竜王の最後だった。

「か、海竜王に勝てたのか……？」

僕は輝く粒子となって散っていく海竜王を、呆然と見送った。

欠陥品と蔑まれてヴァルム家を追放された僕が、七大竜王の一柱を倒すなんて、信じられない心境だった。

『海竜王リヴァイアサンを倒しました。ドロップアイテム【海竜王の霊薬】を入手しました！』

ポンッとドロップアイテムが出現して僕の手に収まった。

コンバットブルーの液体に満たされた小瓶だ。

「はっ、【海竜王の霊薬】……？」

さすがに度肝を抜かれる。

今まで手に入れた竜の霊薬は、猫耳族を進化させたり、僕の魔力量を増大させる効果があったけど……

【海竜王の霊薬】にはどんな効果があるのか、見当もつかないな。

「やはり、カルはわらわの見込んだ通りの男だったのじゃ！　それにしても、今の一撃はなんじゃ？　わらわたち竜王のブレスを取り込んで力に変えていたようじゃが？」

アルティナの弾んだ声で、僕は我に返った。

「……さあ、僕にもまったくわからない」

この魔剣グラムには、何か恐るべき秘密が隠されているようだった。

「まさか……ヴァルム家の伝承にある【無の光刃】⁉　扱える者が現れようとは……！」

父上が息を切らせて、駆け寄ってきた。どうやら、僕たちの戦いを見届けていたらしい。

「……父上、何か知っているのですか？」

「ヴァルム家当主のみに伝わる言い伝えがあるのだ。魔剣グラムには、『竜王の力を取り込み、竜王を滅することのできる【無の光刃】』が隠されているとな……」

「わらわの母様が３００年前にカイン・ヴァルムに破れたのも、この力が関係しておるのか？」

アルティナが父上を見下ろした。

父上はドラゴンとなったアルティナの威容に圧倒される。

「お、俺も詳しくはわからぬ。【無の光刃】を出現させた者は記録に残っておらず……単なる伝承だと思っていたのだ」

そして、僕に視線を合わせて、眩しいモノでも見つめるように目を細める。

「まさか大海の支配者、海竜王リヴァイアサンを滅ぼしてしまうとはな。カルよ、お前は俺などには理解の及ばぬ才能の持ち主であったようだ……今さらながらだが、お前のような息子を持てて誇りに思う。今まで、すまなかった」

「いえ、父上。僕がここまでこれたのは、アルティナやシーダ、ティルテュ、みんなの力添えがあったからです。僕ひとりでは、到底、海竜王にはかなわなかったと思います」

「……そうか。才に恵まれながらも才に溺れず。お前こそ、心技体が揃った真のドラゴンスレイヤーと言えよう。俺やレオンのような愚か者とは正反対だな」

父上は自嘲気味に笑った。

「おっ⁉　ぬぬぬぬぬぅっ、これはどうしたことじゃ⁉」

「うわぁっ⁉」

その時、アルティナの身体が急激に縮み、元の少女の姿へと戻った。

アルティナの背に乗っていた僕は、彼女を下敷きにして倒れてしまう。しかも、アルティナは全裸になっていた。

僕は仰天して飛び退く。

「まさか聖竜王の呪いが、完全には解けておらぬのか⁉」

「おわわわわっ⁉　こ、これを早く着て！」

僕は慌てて目をつぶって、上着をアルティナに被せる。

「助かるのじゃ……意図せずして、人の姿に戻ったために服の再構築ができなかったのじゃ」

アルティナはいそいそと渡された服に袖を通した。ホントに心臓に悪いんで、やめてほしい。

「ごめんなさい冥竜王！　至宝でも、あなたの呪いは完全には消せなかったみたいだわ！」

ティルテュが、オケアノス王と共に駆けつけてきた。

「なぬっ⁉」

「どうやら、一時的に聖竜王の呪いを無効化しても、5分程度で呪いが再構築されてしまうようであるな」

オケアノス王の見立てに、僕たちは肩を落とした。

聖竜王は２０００年以上前から生きているという最強最古の竜王だ。その力はやはり人知を超えている。

「……それじゃアルティナを呪いから完全に解放するための方法はひとつしかないな」

僕は冷静に考えて、結論に達した。

「僕が聖竜王を倒せば良いわけだ」

「おおっ！　さすがは、わらわのカル！　頼もしい限りじゃ。そうじゃ、わらわとカルが力を合わせれば、怖いもの無しじゃぞ！」

アルティナが僕に抱き着いてくる。大きくて柔らかな双丘が押し付けられて、思わず赤面してしまった。

「ところで、カル殿……我が娘ティルテュの唇を奪ったと、先ほど、聞き及びましたぞ」

オケアノス王に怒気のこもった声で呼びかけられて、僕はギクリとした。

「それはエクスポーションを飲ませるためでして……」

「口づけは人魚族の王女にとって、永遠の愛を誓う神聖な行為。ティルテュと結婚していただきたいのですが、よろしいですかな？」

「ちょっと、お父様⁉」

僕とティルテュは、そろって驚愕する。ティルテュは顔を真っ赤にしていた。

「えっ⁉　いくらなんでもティルテュの気持ちを無視して、そんなことを決めるのは横暴ではないでしょうか？」

「そうじゃ！　カルとはわらわが結婚するのじゃぞ！」

僕とアルティナの反論は、横から上がったティルテュの歓喜にかき消された。

「お父様の命令なら仕方がないわ！　喜んでカル様の元へお嫁に行かせていただきます！」

「はぃいい？」

喜色満面で飛び跳ねるティルテュに、僕らは心底呆気（あっけ）に取られる。

「海竜王を倒した英雄との婚礼となれば、国を上げてのお祝いだわ！」

「ティルテュよ。おぬし、本気でカルと結婚したいなどという戯言（ざれごと）を申すつもりか？　わらわを敵に回したいのか？」

アルティナが怒気を滲ませる。

「ちょっと待ったぁあああ！　カル兄様と結婚したいなら、妹である私の許可を得てよね！　答えはノーだけど！」

「カル様とは、ミーナが結婚するんですにゃ⁉」

飛竜に乗ったシーダとミーナがやってきた。

その後ろには、5体の冥竜が続く。

どうやら、海竜王の軍団と戦って全員無事に生き延びたようだ。

「アルティナ姫！　海竜王を滅ぼすとは、誠にお見事！　まさに我らの王を名乗るにふさわしい！」

　冥竜ゼファーが喜びの雄叫びを上げた。

「うむ！　実際に倒したのはカルじゃがな！」

「さすがは、我が主！　このゼファー、お仕えできたことを誉れと思います！」

「ひぃえええええ⁉　冥竜の軍団だわ⁉」

　ティルテュが及び腰になる。冥竜に殺されかけた彼女は、彼らに苦手意識があるようだ。

「さ、さすがに冥竜王殿の逆鱗に触れるようなことはできぬな……」

　オケアノス王も、空を飛ぶ冥竜たちの威容に言葉を詰まらせた。

「お待ちください陛下！　カル様はティルテュ様のことを、かわいいとおっしゃっていました！　つまり、お二人は相思相愛の仲です！　今はちょっと多分、照れていらっしゃるだけかとぉおおおお！」

　冥竜から飛び降りてきた女騎士イリスが、声が枯れんばかりに叫ぶ。

「い、いや。かわいいと言っただけで相思相愛というのは、さすがに……！」

「ギリギリで間に合いました。姫様の恋の援軍、イリス参上です！　陛下、よく聞いてください。ティルテュ様は本気でカル様を愛して……ッ！」

「ちょっとぉおおお！　やめてちょうだい！　まだ自分の口からは言っていないのよぉおお⁉」

真っ赤になったティルテュが、なぜかイリスの口を押さえて喚き立てる。

「むご⁉　しかし、ティルテュ様、ここで畳み掛けねば……！」

「こんな大勢の前で恥ずかしいでしょうッ⁉」

「自分の気持ちも言えんとは、恋多き人魚の王女とは思えぬ臆病者じゃな。わらわは声を大にして言えるぞ。わらわはカルが大好きじゃ！」

アルティナが腰に手を当てて堂々と宣言する。こ、これはかなり照れくさい。

ティルテュの気持ちはよくわからないけど、オケアノス王の提案には返事をしなければならない。

「王様、ティルテュ王女との結婚は見送らせていただけると助かります。僕はまだ未成年ですし……」

結婚とかは、まだ考えられなかった。

「なにより、今はアルティナのためにも聖竜王を倒すという大きな目標ができました。これに向かって邁進しなければなりません」

「カル様……ッ！」

ティルテュが残念そうに肩を落とす。イリスがその肩を慰めるように抱いた。

「わかり申した。それでは人魚族はカル様の偉業を全面的に支援させていただきます」

縁談を断ったにも関わらずオケアノス王が、驚くべき提案をしてくれた。

「そのためにも【オケアノスの至宝】ともども、ティルテュをお側に置いてくだされ。至宝の力は、カル様のお役に立つでしょう。なにより敵に奪われては、【無の光刃】の力が無効化される恐れがありますからな」

「そう！　そうですよね、お父様！　カル様の近くで、その偉業をお手伝いさせていただきます……！　至宝の力は人魚族の王族にしか使えないものね！」

「さすがは陛下！　カル様、ティルテュ様をこれからも末永くお守りいただけませんか⁉　不詳このイリスもティルテュ様の護衛として、カル様にご助力いたします！」

　ティルテュとイリスが全力で賛同した。

「……至宝の力を使えるのが人魚族の王族に限定されるなら、ティルテュの身柄が狙われる危険がありますね。わかりました。彼女はアルスター島で保護したいと思います」

「やったぁ！　カル様に守っていただけるなんて幸せだわ！」

　僕が同意すると、ティルテュが僕の手を握った。

　おわっ、ちょっと、この不意打ちは心臓に悪い。僕はあまり女の子には免疫がないんだ。

「ええい！　カルと将来結婚するのは、わらわであるぞ！　許可なく、ひっつくのはやめぃ！」

「うぉ⁉」

「アルティナの許可なんて必要ないよ！　カル兄様！」

「きゃあ⁉」

シーダが飛竜からダイブしてきて、僕に抱き着いた。

「海竜王を倒すなんて、カル兄様はやっぱり最高の兄様だぁ！」

「って、危ないぞ、シーダ⁉　怪我したらどうするんだ？」

「だって、1秒でも早くカル兄様と、喜びを分かち合いたくて！　私もね、大活躍したんだよ。海竜を20匹近くは、丸焼きにしてやったかな？」

うわ。それはスゴイ戦果だ。さすがは、元ヴァルム家の跡取り候補。

「海竜王の軍勢は、みんな逃げ出したみたいですにゃ！　ミーナは、カル様がすごすぎて、もう発情が抑えきれてないですにゃ！」

ミーナもダッシュしてきて、僕に飛びついてきた。

ぐふっ⁉

「お、おのれ、こうなったら、わらわも自重せんのじゃ！」

さらにアルティナも、他の娘たちを押し退けて、僕を抱き締めてきた。

「ずるい、ずるいわよ！　こうなったら私だって！」

「ティルテュ様、ファイトです！」

ティルテュも大胆にも僕にしがみついてくる。

美少女たちにもみくちゃにされて、もう何がなんだかわからない。

「……カルよ。どうやらアルスター家は、世継ぎには困らなそうだな。ところで、すまぬがこの俺の話を聞いてはもらえぬか？　もしかすると、一刻を争うやもしれぬ」

父上が神妙な顔で告げた。

そうだ。父上の話を聞きそびれていた。確かハイランド王国内に他に内通者がいるとか……もし本当だとしたら、システィーナ王女が危ないかもしれない。システィーナ王女は自分を暗殺しようとした黒幕と対決するとおっしゃっていた。

「キミたち、ストップ！　これから父上と大事な話があるからね」

「「はぁい！」」

暴走していた女の子たちは、素直に頷いた。

そして、父上は驚くべきことを話し始めた。

第六章　ヴァルム家との決着

【システィーナ王女視点】


「それでは叔父様。わたくしの暗殺計画に加担した者の名前を、すべて教えてください」

わたくしは王宮の取り調べ室で、王弟である叔父様と向き合っていました。

叔父様は今日、わたくしにすべてを話すという約束で、減軽の司法取引に応じました。

私を殺すべく暗殺者を放っていたのは、この叔父様だったのです。

権力争いが王侯貴族の宿命とはいえ……幼い頃、わたくしを可愛がってくれた叔父様に命を狙われたことは、少々堪えましたわ。

ここに至っておかしな振る舞いはしないでしょうが、念のため叔父様には手枷をはめた上に、部屋には魔法封じの結界を張ってあります。さらにふたりの近衛騎士を、叔父様にピタリと張り付かせていました。

「そうすれば約束通り、死刑にならないように取り計らいます。自然豊かな土地で、静かに余生を過ごすことができますわ」

尋問は気が重い仕事ではあるけども、この国の病巣を取り除くためには必要なことですわ。

古代文明の研究に力を入れ、これまでの慣習を否定するわたくしを快く思わない者たちが、まだまだ大勢います。

　この機にわたくしの敵をあぶり出さなくては……

「システィーナ……お前の死を望んでいるのは、聖竜王エンリルだ！　召喚！」

「えっ……？」

　その瞬間、叔父様の身体から炎が噴き上がりました。

「姫様、お下がりを！」

　近衛騎士が、わたくしを壁に突き飛ばしてくれたため、間一髪、火炎を浴びなくて済みました。

「こ、これは魔法……？　魔法封じの結界でも抑えきれない超強力な魔法が、強引に発動している⁉」

「ぎゃあああ……っ⁉」

　叔父様は苦痛に絶叫しました。この事態は、彼にとっても予想外だったようです。

「なぜ⁉　これは火炎竜を召喚する呪文のハズ……ぐぎぁあああッ⁉」

「クハハハハッ、そうだ。お前自身を生け贄にして、我を喚び出すためのな！」

　叔父様の体内から、まったく別の禍々しい声が響きました。

　い、いけない。これは逃げなくては……わたくしは腰が抜けつつも、壁を背になんとか立ち上がりました。

「バカな⁉　聖竜王はワシを国王にしてくれると……ゲハァアアアア⁉」

「姫様、こちらです！」

叔父様の身体を内側から焼き尽くして、炎で形成されたドラゴンが姿を現す。炎そのものが疑似的な生命を与えられた存在――火炎竜です。

近衛騎士が、わたくしの手を引いて部屋の外へと脱出させます。

その瞬間、取り調べ室を地獄の業火が席巻しました。逃げ遅れた騎士のひとりが炎に焼かれる。

「ま、まさか、叔父様を陰から操っていたのは、聖竜王⁉」

「そのまさかだ。お前に古代エレシア文明などを復活させられては、あのお方は困るのだ。この場で消え失せろ！」

火炎竜の巨体が、天井や壁を突き破る。沸点を超えた石壁が、溶岩となってどろりと流れました。

あ、熱い！　呼吸をするだけで、喉が焼けるようだわ。

近衛騎士が耐熱魔法障壁を展開してくれなかったら、一瞬で蒸し焼きにされていたに違いありません。

「姫様、お逃げを……！」

わたくしを庇った騎士が、火炎竜の爪の一撃で炎に包まれた。

「げぇあぁああ⁉」

「さあ、システィーナ、お前も灰となるがいぃいいい！」

火炎竜がドラゴンブレスを発射する構えを取った。

ああっ、な、なんということ。こんなところで、死ぬなんて……

「わ、わたくしを殺しても、この国にはカル殿がいますわ。彼ならきっと、聖竜王も倒してくれます！」

カル殿の顔を思い出して、わたくしは気丈に言い放ちました。

わたくしはハイランド王国の王女。たとえ、殺されるとしても聖竜王などに屈しはしませんわ。

「バカめ！　ヤツの元には、聖竜王様の腹心が潜り込んでいる。勝ち目など無いわ！」

火炎竜が勝ち誇る。

なんですって？　そんな……

「ザファル・ヴァルムも我らに寝返っておる。クハハハッ！　身内に裏切られて国を滅ぼされる気分はどうだシスティーナ？」

わたくしが絶望に押し潰されそうになったその時。

「父上は裏切ってなどいないぞ、火炎竜！」

その声は、ま、まさか……

「【氷海のブレス】！」

続いて、白く輝く冷気の奔流が押し寄せ、火炎竜を飲み込みました。

「なぁにぃいいい!?　これは海竜王リヴァイアサンの奥義ッ!?」

火炎竜は驚愕の叫びと共に、一瞬で跡形もなく消し飛びました。

輝く冷気は触れた物をすべて粉々にして、周囲を極低温の氷の世界に変えます。

こ、これは、信じられないレベルの氷の魔法です。

「……ああっ、なんということですの!?」

ぽっかりと空いた天井の穴。

わたくしが見上げたその先には、巨大な黒竜の背に乗るカル殿がいました。

「システィーナ王女殿下！　カル・アルスター、海竜王リヴァイアサンを討伐して、ただいま戻りました。この竜はアルティナです！」

「うむ！　驚かせてすまぬが、わらわも一時的にドラゴンの姿に戻れるようになったのじゃ」

わたくしは感激と安堵のあまり視界が滲んで、カル殿のお顔が見れなくなってしまった。

「ほ、ほんとうですか!?　だとしたら、我が国にとって、いえ、人類にとって大偉業です！」

やはり、カル殿はわたくしの見込んだ通りの……いえ、それ以上のお方ですわ。

カル殿がいれば、きっとこの国は大丈夫。

これはお父様にも、ぜひ、わたくしとカル殿の婚約を真剣に検討していただかなくては……！

わたくしは密かな決意を胸に刻みました。

【カル視点】

「そなたが、カル・アルスター男爵であるか。海竜王の討伐、誠に見事であった。なにより我が娘、システィーナの命を救ってくれたこと、幾重にも感謝いたそうぞ！」

国王陛下が僕に深く腰を折った。

ここは王宮の謁見（えっけん）の間だ。居並ぶ大貴族や大臣たちが目を見張る。

国王陛下が若輩の男爵に、このような態度を取るなど前代未聞のことだ。

僕はひざまずいて、頭を下げた。

「はっ、陛下、お褒めにあずかり光栄です。これからも、陛下と王女殿下に変わらぬ忠誠を捧げます」

「おおっ！　なんと頼もしい。そなたのような英雄がおれば我が国は安泰だ。わしも枕（まくら）を高くして眠れるぞ」

「カル殿はかの海竜王リヴァイアサンを討伐し、人魚の国オケアノスとの友好関係構築にも尽力してくださいました。お父様、その功績を讃え、彼に子爵の地位を授けたいと思うのですが、いかがでしょうか？」

システィーナ王女が熱っぽい目で僕を見つめる。

「うむ。だが、子爵の地位のみでは、とうてい今回の功績に報いることはできぬ。カル殿には我が娘、システィーナを与えようと思うのだが、いかがかな？　王配として、女王となるシスティーナを支えていってもらいたい」

僕はあまりのことに、息が止まりそうになった。

大貴族たちが大きくざわつく。

「いかに聖竜王の陰謀を挫き、王女殿下をお救いしたといってもそれは……」

やはり、僕の急激な栄達を望まない声もあるようだ。

それにさすがに王女殿下と結婚などしたら、これまでのように魔法の修行に没頭したり、自由に動くことはできなくなるだろう。それでは困る。

「すばらしいご提案ですわ、お父様！　それではさっそく今日、この場にて婚約の契りを……！」

システィーナ王女が歓喜に声を弾ませる。

僕は呼吸を整えてから告げた。

「国王陛下、誠にありがたいお話ですが、報奨については実は折り入ってお願いがございます」

「なに？　何か望みの物があるのか？　よいよい、何なりと申してみよ。そなたは、もはや我が息子も同然であるぞ！」

国王陛下の言葉に、僕の後ろで平伏していた父上が、肩を震わせたのがわかった。

父上はレオン兄上とシスティーナ王女を結婚させ、公爵の座を得たいと考えていた。

まさか、追放した僕に王女殿下との縁談が持ち上がるなど、思ってもみなかっただろう。

「我が父、ザファルが聖竜王に籠絡(ろうらく)されていたのは事実ですが……最後は王国のために僕に力を貸してくれました。そのことと、僕の功績をもって、父上の助命とヴァルム伯爵家の存続をお願いいしたく存じます」

「カルよ……！」

額を床に擦(こす)りつけていた父上が呻(うめ)いた。

父上は、売国奴として死刑。ヴァルム家は取り潰しが、すでに決まっていた。

ここに集まった国の重鎮たちの前で、国王陛下から、その沙汰がこれから述べられる予定だった。

「なにより、システィーナ王女殿下をお救いできたのは、王弟殿下が聖竜王と内通している可能性を父上が教えてくれたからです」

大貴族たちのざわめきが大きくなった。

「ザファルはそなたを追放したばかりか、そなたの領地を襲撃し、あまつさえ聖竜王に寝返ったというではないか？　そんな男の減刑を求めると？」

「はっ！　しかし、繰り返しになりますが、父上は最後にヴァルム家当主としての誇りを取り戻してくださいました。そして、海竜王討伐に貢献してくれたのです」

「むむむっ……」

国王陛下は困り顔になった。

「陛下、ザファル・ヴァルムを助命するという無茶を通すなら、カル殿とシスティーナ王女の婚約までは、我らは承服できませんぞ！」

「さよう、いかに英雄殿と言えど、横暴が過ぎるというもの！」

思った通り、一部の大貴族たちが声を上げる。

さすがにシスティーナ王女との縁談を面と向かって断れば角が立つ。でも、これなら父上を助けた上で、自然に破談に持っていけるだろう。

「そ、それは困りますわ！　王国の将来を考えればカル殿を王家に迎え入れるのが、最善の道です。あなたたちは、何をおっしゃっているのですか⁉」

システィーナ王女が怒声を発する。

そうか、システィーナ王女は王国のため、義務感から僕と結婚しようとしているのか……

それはかわいそうだ。僕は助け船を出してあげることにした。

「王女殿下には、より相応しいお相手がいらっしゃると存じます。僕は変わらぬ忠誠を王女殿下に捧げます故に、どうかご容赦くださいますよう」

「なっ、ななな、何をおっしゃっておられるのです!?　カル殿以上にわたくしに相応しい殿方など、この世にはおりませんわ！」

えっ……？

システィーナ王女から、なぜか泣きそうな顔をされて僕は困惑してしまった。

まるでシスティーナ王女が、本心から僕に恋をしているみたいじゃないか。

「わかった。カル・アルスター男爵の願いを聞き届けよう。ザファルは流刑。ヴァルム伯爵家は取り潰さぬ代わりに、その９割の領地を召し上げる。それでよろしいかな？」

「はっ、ありがとうございます」

僕は心からの感謝を述べた。正直、父上の助命が叶うかは大きな賭けだった。

「カルよ、すまぬ……！」

背後から、父上の切実な感謝の声が聞こえてきた。

「ではカル・アルスター男爵の今回の報奨は、子爵の地位を与えるのみとする！　なにシスティーナよ。焦るでない。カル殿なら、すぐに次の手柄を挙げよう。伯爵位を得たカル殿との婚約なら、周囲も反対せぬだろうからな」

「……は、はい。お父様、そうですわね。それまで、わたくしはカル殿に相応しい花嫁になれるように、より自分を高めてまいりますわ。カル殿、どうかよろしくお願いしますね」

システィーナ王女は僕を見て、微笑んだ。

えっ、どういう意味だろう。

たぶん宮廷式の社交辞令だと思うけど……宮廷文化に疎い僕には判断がつかなかった。

うかつに返事をしたら危険な気がして、沈黙して頭を下げることにする。

「それでは、今夜はカル・アルスター子爵の勝利を祝っての宴とする！　皆で、この若き英雄を讃えようぞ」

国王陛下の言葉に、満場一致の賛同が上がった。


【兄レオン】

「ヒャッハー！　ついに俺様の時代が来たぜぇぇぇ！」

俺はついに念願のヴァルム家当主の座を手に入れた。

なんだか良くわからないが王家の命令で、急遽、父上が更迭されたのだ。

なんでもアルスター家と揉めたのが原因らしいが……詳しい話は極秘だとかで、教えてもらえなかった。

ついでに、あのクソムカつくセルビアも行方不明になっていた。

「こいつは、いよいよ運が向いてきたぜぇぇぇぇ！　ひゃはははっ！　当主になったら領内のすべては俺のモノだ！」

俺はひとりで、所領の村に向かった。本当は箔付けのためにも、何人か家臣を引き連れて行きたいところだったが……

みんなアルスター家に仕えるとか抜かして辞めていった。そのせいで、ヴァルム家は人手不足になっている。

ちくしょぉおおおおッ！　カルの奴めぇぇぇぇ！

腹立たしいことこの上ねぇが、ひとりで行くことにする。

俺が村に到着すると、村長が媚びへつらった笑顔で出迎えた。

「こ、これはレオン・ヴァルム様、このような村に何用でしょうか？」

「この村にいる若い娘を全員、差し出せ！　気に入ったヤツは、俺の妾として連れ帰る！　貧乏娘どもにとってはこの上ない朗報だろ？」

本当は貧相な村娘なんかより、気品のある貴族令嬢の方が俺好みなんだが……

自作自演がバレて、システィーナ王女たちから思い切り嫌われちまっているからな。仕方がねぇ。「な、なんとご無体な！　娘たちを我々から、無理やり取り上げるということですか⁉」

「うるさい黙れ！　お前らは天才ドラゴンスレイヤーであるこの俺が、聖竜王から守ってやっているんだぞ！　見返りに娘を差し出すくらい当然だろ⁉」

俺は反発する村長の右腕を、剣で叩き斬った。

「ぎゃあああああっ⁉」

「ひゃははは！　このレオン様に逆らうとこうなるんだよ！」

これこれ。弱者をいたぶるのは、最高の快感だよな。

竜の相手なんざ、やってられるかっつーの。そんな危険な仕事は家臣に任せて、俺はかわい子ちゃんとニャンニャンだ。これこそ領主の醍醐味だぜぇ。

「きゃああああ⁉　お父さん！　な、なんてことを……⁉」

若い娘がボロ家から飛び出してきて、俺をキツく睨みつけた。

へぇ～っ、身体は痩せっぽちだが、顔は悪くねぇな。

「よくもお父さんを！　あなたが新領主⁉　山賊の間違いじゃないの⁉」

「へへへっ、いるじゃねぇか、俺好みの娘がよぉおおお！」

気の強い罵声を浴びせられて、俺は逆にゾクゾクした。

こういう勝ち気な娘を無理やり屈服させるのが、俺は大好きだ。

システィーナ王女たちから、さんざん嫌われ馬鹿にされた鬱憤をこの娘で晴らしてやるぜぇ。

「おい、お前には俺に抱かれる栄誉を与えてやる！　だが、ヴァルム家当主に抱かれたなんて調子に乗るなよ？　これはあくまで遊びだからな！」

俺は娘に張り手を食らわせて、地面に押し倒した。

娘が悲鳴を上げる。

「やめてくだされ、ご領主様！」

村長が阻止しようと縋り付いてきたが、蹴り飛ばした。

弱ぇええ！　手応えがなさすぎて、最高だぜぇ。

「いいねぇ。大興奮だ。オラッ、もっと泣け！　泣いて喜べぇええ！」

俺が娘を組み伏せようとした瞬間……右手首から先が、突然、切断されて血が噴き上がった。

「ひぎゃあぁあああ⁉　風の魔法⁉　だ、誰だぁ……っ⁉」

「僕です。お久しぶり兄上」

なんと、飛竜に乗った弟のカルが目の前に降りてきた。

ヤツは生意気にも、顔を不快げにしかめている。

「ヴァルム家を訪ねたところ、領主の特権を行使するためにこちらに向かったとお聞きしたのですが……一体、何をなさっているのですか？」

「て、てめぇか⁉　ヴァルム家の領地で俺が何をしようと俺の勝手だろう⁉　それより、俺にこんなマネをして、タダで済むと思ってやがるのか……？　あっあーん⁉」

「罪もない民に乱暴をして、兄上こそタダで済むとでも？」

俺はカルの気迫に圧倒された。

あれ、コイツいつの間に、こんな凄味を身に付けたんだ？

……ちょっと前までとは、まるで別人じゃねぇか。

「シ、システィーナ王女から、味方同士で争うなと言われてたハズだろ⁉　ひゃははははバカめ！　まさか、てめぇがその禁を破るとはな！　こうなったら賠償金をたっぷり請求して……！」

俺は弱気の虫を追い払って、勝ち誇った。

どうやったかはわからないが、カルは海竜王リヴァイアサンを討伐した。

力じゃ、もう絶対にかなわねぇ。だが、コイツが禁を犯してくれたとなれば、好都合だ。

へへへっ、兄である俺をコケにしてくれた礼をたっぷりしてやるぜ！

「……兄上、勘違いをされているようですが、この村はもうヴァルム家の領地ではありません」

「はぁ？」

「ご覧ください。これは国王陛下からの命令書です」

手渡された文の封蠟には、驚いたことに王家のエンブレムが刻まれていた。

「ヴァルム家はその所領の9割を王家に召し上げられることになりました。この村は、すでに王室直轄領です。兄上は王家に対して、乱暴狼藉を働いたことになります」

「はっ？　な、何を言って……」

あまりに非現実的なカルの通告に、俺はわなないた。

慌てて封を破って手紙を読むと、国王の直筆で領地を召し上げることが書かれていた。

ば、バカな……なんだこれは？

全身から血の気が引いた。

「あっ、ああ、ありがとうございます！　あなたは、まさかカル・アルスター様⁉　海竜王を討伐し、王女殿下のお命を救った真の英雄！　お会いできて光栄です！」

俺がモノにしようとした村娘が、頬（ほお）を桜色に染めて感動していた。

「申し訳ありません。僕がもう少し早く到着していれば、兄上にこんなマネはさせなかったのですが。これはアルスター子爵領で生産している回復薬（ポーション）です。お父さんに使ってあげてください」

「は、はい！」

「お、おおぅ！　私のような者にも手を差し伸べてくださるとは……！　なんと慈愛に満ちたお方だ！」

村長はカルが手渡した回復薬をうやうやしく受け取って飲む。

なんと俺が切断した村長の右腕が、輝きと共に元通りになった。

「こ、これは……！　信じられない！　ありがとうございます！」

村長と娘は感激して、何度もカルに礼を述べた。

「どうなっていやがるんだ⁉　失われた四肢の再生なんぞ、エクスポーションでも不可能……」

俺もエクスポーションを飲んで、傷を回復しようとするも……カルに切り飛ばされた右手は元に戻らなかった。

「水の竜魔法【再生竜水（ヒールドラゴンウォーター）】で生成した特殊な回復薬です。今度、売り出す予定なんですよ」

「すばらしい！　これは回復薬業界に革命を起こす逸品ですぞ！」

村長が大興奮する。

「ちっ！　カル、その回復薬を俺にも寄越しやがれ！」

「なぜですか？　兄上は王室直轄領で、罪を犯しました。罪人として拘束させていただきますので、片腕なのはむしろ好都合です」

毅然とした揺るぎない態度に、俺はあ然とする。

こ、こいつ、本当にあのお人好しの弟か？

「知っての通り、王室直轄領のすべての民は、国王陛下の私有財産です。これを不当に傷つけることは、国王陛下への反逆に当たります。厳罰を覚悟してください」

「はぁ？　俺は領地を取り上げられて、右手も失ったんだぞ⁉　その上、厳罰だと？　て、てめぇは鬼か⁉」

「すべては兄上の自業自得です。不服申し立てをされるのは結構ですが、兄上の態度しだいでは、ヴァルム家は取り潰しにあいますよ」

「ぐっ⁉」

何か父上がヤバい失態を犯して、国王の怒りを買ったのは間違いない。そうでなければ、領地の9割を召し上げなんてことはあり得ないハズだ。

そこにきて俺が王室直轄領で犯罪行為となると、マジでヴァルム家の取り潰しも考えられるぞ。

この前は王弟殿下の取りなしで、なんとか事なきを得たが。その王弟殿下は聖竜王の配下に殺されちまったというし……

「ち、ちくしょう！　この場は大人しく従ってやる……！」

俺は意気消沈するしかなかった。

「ああっ！　本当にありがとうございました！　カル・アルスター様！　お父さん、私、決めたわ。私もアルスター島に行って、カル様にお仕えします！」

「それが良い！　カル様、どうか娘を使ってやっては、くださいませぬか？」

「ありがたいのですが、実はアルスター島には移住希望者が殺到して、住居が足りない状況でして……正規の手続きを踏んでいただけませんか？」

「はい！　もちろんでございます！　たとえ何年かかっても必ずお側に！」

村娘は尊敬の眼差しでカルを見つめた。

俺は武器を取り上げられて、村人に縄で拘束された。

やがて、俺はやってきた役人に連行されて、牢屋にぶち込まれることになった。

※※※

俺は牢屋で臭い飯を食いながら、うめいた。

「ちくしょうぉおおお！　俺は栄光あるヴァルム家当主だぞ⁉　こんなクソマズイ飯が食えるか⁉」

屋敷では叫べば、すぐに侍女や執事が飛んできたが、誰からも返事がない。

完全に無視され、放置されていた。

数日経つが面会にやってくる者は、誰もいない。

保釈金も、収入源である領地を取り上げられては払えなかった。

せっかくヴァルム家の当主になったというのに、ヴァルム家は完全に没落し、何の力も無い名ばかり貴族と化した。

そのことを俺は、嫌でも痛感するしかなかった。

う、嘘だ。あり得ねぇ。俺の人生は光り輝く栄光に包まれていたハズなのに……

【カル視点】

「母上、お久しぶりです」

僕は母上の墓に、花を供えた。

ここは港町ジェノヴァを一望できる丘の墓地だ。

「七大竜王の一柱、海竜王リヴァイアサンを倒しましたよ。これで、母上の名誉も回復しましたよね……」

魔法の使えない出来損ないを産んだと、母上は生前、さんざん罵倒されていた。

竜殺しを家業とするヴァルム家に、弱者は不要――それが父上の口癖だった。

だけど、母上は僕を一度たりとも邪険に扱うことなく、無詠唱魔法に挑戦する僕を応援してくれた。

この世で唯一、母上が僕の可能性を信じてくれた。だからこそ、僕は努力してこれたんだ。

僕は海竜王を倒したら、必ずここにやってきて報告しようと決めていた。

「ここが、カルの母上の眠る地なのじゃな……はじめましてなのじゃ。わらわは冥竜王アルティナ。今はカルと一緒に暮らしておる」

アルティナも母上の墓に花を添える。

母上の好きだったカーネーションの花だ。

「カルのおかげで、わらわは聖竜王の呪いから限定的とはいえ解放されたのじゃ。そして、今、カルと共にとても幸せな日々を送っておる。今日はそのことを感謝したくて、やってきたのじゃ」

手を合わせて、アルティナは神妙な顔で告げた。

「母上、僕はアルティナと一緒に、聖竜王を倒したいと思います。僕のこの無詠唱魔法は、母上のために……大切な家族を守るために身に付けたモノですから」

次なる目標は、無詠唱魔法の学校の設立だ。

僕のこの力を大勢の人に伝える。今はシーダやティルテュ、猫耳族に試験的に教えているだけだけど、ノウハウを蓄積して体系的に教えられるようにする。

そうすれば、この国を守れる戦力を育成できるだけでなく、僕を信じてくれた母上はやはり正しかったのだという証明になるだろう。

「アルティナは僕にとって、家族であり一番大切な人です。ヴァルム家の子息が、冥竜王と深い絆で結ばれるなんておかしいかもしれませんが……どうか僕たちのことを見守っていてください」

「うぅうぅっ……！　おぬしは、わらわは感激しすぎて、涙で前が見えぬぞ⁉　よ、よし、わらわも誓うのじゃ、取り戻した力でカルを必ず守り抜くと！」

アルティナはブワッと大泣きして、肩を震わせた。

「それと、シーダとも最近、仲良くなったんですよ。距離が近くなりすぎて、ちょっとおかしいくらいですが……」

「うむ。カルの異母妹は、あの年で兄と風呂に入ろうとするのは、もうそろそろ止めた方が良いと、わらわは説教したいのじゃ！」

シーダは他人から何か言われても素直に聞く娘ではないので、なんとも難しい。

妹から慕われてうれしくはあるんだけどね。

それからも、母上にたくさんの報告をした。

「……カル、お前もここにきていたのか？」

声をかけられて振り返ると、やってきたのは父上だった。手にはカーネーションの花束を持っている。

「父上、なぜここに……？」

「俺は明日、流刑地に飛ばされる。その前に、サーシャに謝罪したいと思ってな……」

父上は墓の前に立つと、花束を供えた。

見れば、父上の後ろには衛兵と思しき男たちが立っていた。彼らの監視付きで、墓参りが許されたようだ。

「聖竜王の呪(のろ)いを受けたのは、サーシャのせいではないというのに。俺(おれ)はヴァルム家の名誉に泥を塗ったと、サーシャをさんざんなじってしまった。俺とサーシャは愛し合って結婚したハズだったのにな……」

父上は昔を思い出したのか遠い目をしていた。

「力も名誉も失った今、本当に大切なモノはなんだったか、わかった気がする」

「……父上」

「カルよ。お前のアルスター子爵家は、この先、きっと恐ろしいほどの名誉と名声を手にしていくだろう。だが、名誉は魔物、名声は水物だ。本当に大切なモノが何かをわからなくさせる。お前なら大丈夫だと思うが、俺やレオンのようにはなるな」

父上は自嘲気味に微笑んだ。

「レオンとのこと聞いたぞ。領主になった途端、領民を虐待するとは……俺の教育がいかに歪(ゆが)んでいたかということだろう。お前は、もしやレオンとのことを気に病んでいるやもしれぬが。ヤツの破滅は、自業自得だ。気にせず、お前はお前の道を歩んで行くが良い」

「はい。わかりました。父上も、どうかお達者で」

まさか、最後に父上からこんな励ましの声をかけられるとは思ってもみなかった。

「……きっと、お前なら大丈夫だろうな。お前は心根が真(ま)っ直(す)ぐだ。俺ではなく、サーシャに似たのだろうな」

　父上はアルティナにも頭を下げた。

「冥竜王、お前を騙し討ちにしようとして悪かった。これらもカルのことをよろしく頼むぞ」

「うむ、任せておくのじゃ！」

　胸を叩いてアルティナは請け負った。

「父上、いつかまたお会いしましょう」

「ああ……罪を償ったらな」

　丘の上を爽やかな風が吹き抜けていく。

　レオン兄上とは、最後までわかり合うことはできなかった。

　だけど、母上の前で父上と和解できて、本当に良かったと思う。

第七章　アルスター島の発展

【ティルテュ視点】

私は焦っていた。

なぜってハイランド王国の国王が、カル様にスティーナ王女との縁談を申し込んで断られたというじゃないの？　そ、それはまあ、良いんだけど……システィーナ王女がカル様との婚約を望んでいるとか！

そのために、お忍びでアルスター島までやってくることも、あるそうじゃないの。

「まずい、まずいわよ……ッ！」

カル様の周りには他にも、アルティナやミーナといった魅力的な女の子が揃っている。

人魚族の王女である私は強力な【魅了】の魔力を持って生まれたから、誰からも好かれてきた。お父様は、美の女神すら嫉妬するほどの超絶美少女だと言ってくれていたので、特に男の子に好かれる努力などしてこなかったわ。

だから、油断していたんだけど、このままじゃカル様を他の女の子に取られるのは時間の問題よ。

カル様はアルティナと魔法の修行ばかりして、私にあまり構ってくれないし……何か積極的に手を打っていかなくちゃならないわ。

「……で、イリス。カル様が私のことをどう思っているか、聞いてきてくれた？」

まずは情報収集が大事だと思って、部下のイリスに探りを入れてもらったわ。

「はい。カル様は、ティルテュ様のことを、ちょっと変な娘だとおっしゃっていました」

「はぁッ⁉」

いきなりのどストレートな低評価に、私は血反吐(ちへど)を吐きそうになった。

「へ、変な娘というのは、具体的にどういうことな訳？　あっ、そうだわ。人魚族と人間とでは文化がまったく違うから、カルチャーギャップというヤツよね！　そ、そうに決まっているわ！」

一瞬、動揺しまくったけど、そういうことなら時間をかけてお互いを理解していけば良いわけだし、問題ないわ。

「……カルチャーギャップ？　いえ、そうではなく、ティルテュ様はメイド喫茶でお客さん相手に、かしずきなさいと命令されたとか。少し空気が読めていないところがあると、他の方々もおっしゃっていました」

「ぶっ⁉　お、王女として振る舞うことが、ここでは合わなかったということかしら？」

私は頭を抱えた。

「しかし、国を救うために一生懸命なのはとても立派だし、感謝しているとも、カル様はおっしゃっていました！」

「そっ、そそそそうよね！　さすが、カル様は私のことをちゃんと、わかってくださっているわ！」

一転して、私は天にも昇るような気持ちになった。

王女として立派であるという評価こそ、私にとって最高のものよ。

「それからカル様は、ティルテュ様のことを好きだとも、おっしゃっていました」

「ちょぉおっとぉおおおっ……!?　なぜ、それを先に言わないのよ！」

驚愕した私はイリスの両肩をガッシと掴んだ。言葉の意味が頭に浸透してくるにつれて、抑えきれない歓喜が全身から溢れ出す。

「うぉおおおおおおおッ。やったわぁあああ！　もはや死んでも良いわぁあああ！」

私は雄叫びを上げた。わが人生に一片の悔い無し。

「他にもアルティナ様のことも、ミーナ様のことも。妹のシーダ様のことも好きだとおっしゃっていました。そして、システィーナ王女を誰よりも尊敬しておられるとか」

「はぁ……？　な、なに、それ。どういうことよ？」

私は冷水を浴びせられたような気持ちになった。

「カル様は、私のことも好きだとおっしゃってくれました。あの方は、このアルスター島に集まってきた者たちすべてを愛していらっしゃるのですね。不肖このイリス、不覚にも感激してしまいました！」

　イリスは潤んだ瞳を拭う。

　ぶっ……

「そ、それってつまり……私がその他大勢の1人だってことじゃないの⁉」

　呆然と固まった私は、恐るべき結論に達した。

「嫌よ。絶対に嫌だわ！　イリス、何が何でも、私がカル様の一番にならなきゃ駄目なのよ！」

　私はイリスの肩を激しく揺さぶる。

「ちょっと泣いていないで、どうすればカル様と結婚できるか作戦を考えてちょうだい！　イリスだって、人魚族の成人女性なら、恋の1つや2つ経験があるでしょう⁉」

「いえ、自慢ではありませんが、私は王家の方々を守るべく剣に身を捧げた騎士でありますから、恋愛経験はございません！」

　イリスは胸を張って、情けないことを告げた。

　おーいぃいい。密かに頼りにしていたのに、どういう訳？

「そして、作戦は常にひとつです。すなわち、正々堂々と真正面から敵にぶつかっていくこと。さすれば、倒せぬ敵などおりません！」

「そ、それって、告白しろってこと？　嫌よ。断られたら、どうするの⁉　そもそも、あんた正々堂々と真正面から海竜王と戦って負けたんでしょうが⁉」

「ぐっ……そ、それを言われるとツライですが。機が来るまで恥を忍んで耐え、カル様たちの助力を得て、本懐を遂げることができました！　つまりは、負けても再び立ち上がって勝てば良いのです！」

イリスは誇らしく堂々と叫ぶ。

「うっ……」

これは、また正論だわ。

「でも断られたら、傷つくわぁあああッ！　私は人魚族の王女なのよ⁉　プライドがあるの！なんとか、告白の成功率を１００％に近づける方法ないの⁉」

「しょ、勝敗は兵家の常です。１００％勝つ方法は無いかと……」

「うぉおおおおおっ！　もしカル様にフラレたら、私は海に身を投げて泡となって消えるわ！」

「そ、そんな……では、負けてもダメージを受けない方法を考えねばならないということですか？」

「なんで、負ける前提で考えているの⁉　でも、まあっ、そういうことよ！」

「では援軍を呼んで、代わりに戦ってもらうしかないかと……あまり褒められた方法ではありませんが」

イリスは顎に手を当てて、難しい顔になった。

「国王陛下を始めとして、人魚族たちは皆ティルテュ様とカル様の結婚を望んでいます。傷つくのがお嫌なら、国のためと称してカル様にアタックしてみてはいかがでしょうか……？」

「むっ……確かにそれなら、私はダメージを受けないわ」

王女とはそもそも政略結婚の道具にされるのが当然なのだしね。

「名案よ、イリス！　私の本心は告げずに、お父様たちに責任を負ってもらうということね！」

私は小躍りしたくなった。

「はい。ですが、それではカル様のお心を動かすのは、難しくなると思います。この手を使うのであれば、ティルテュ様もアルティナ様たちのように、もっと積極的にカル様とスキンシップされてはいかがでしょうか？　戦いは常に押せ押せでなければなりません。」

「ぶっ、なにそれ。私に発情した猫みたいに、カル様に抱きついたりしろっていうの？　そ、それは嫌じゃないけど、王女としてはどうなのよ？」

「ティルテュ様……諫言をお許しください。傷つくことを恐れてばかりでは、決して戦いに勝つことはできません！　人魚族の王女たるお方が、そんなことでどうしますか⁉」

イリスは厳しい顔になって、私を叱咤した。

「うっ⁉」

た、確かにそうかも知れないわ。私は雷に打たれたような衝撃を受けた。

「それに聞けばシスティーナ王女は、カル様と水着でご入浴されたとか……それも肌と肌を密着させて」

「はぁ⁉」

あまりのことに仰天した。

「シ、システィーナ王女は、あんな清楚(せいそ)そうな顔をして、なんて大胆でハレンチなことをしているの⁉　うらやまけしからんわ！」

「ティルテュ様、このままではシスティーナ王女に負けてしまいます。ティルテュ様も水着で、カル様に抱擁されてはいかがでしょうか？　本で読みましたが、胸を押し付けたりすると、男性は喜ぶらしいです」

イリスは生真面目(きまじめ)に提案した。

「胸……ッ⁉　そっ、そ、そんなことをして、もっと変な娘だと思われたり、嫌われたりしちゃったら、どうするのよ⁉」

「大丈夫です。ティルテュ様は美の女神が嫉妬するほどの美少女。ティルテュ様に触れられて嫌がる男性などこの世におりましょうか？　それに本で読みましたが、年頃の男性は、四六時中エロいことを考えているとか……」

「ちょおっ⁉　まさか、カル様が興奮して、私に襲いかかって来るかもしれないってこと？　そ、そんなことになったら……うれしすぎるわよぉおお！」

想像しただけで、鼻血が出てきてしまいそうになった。

「わかりました。それでは、この不肖イリス。ティルテュ様を応援すべく、最高のデザインのエロい水着をご用意させていただきます。それでカル様を悩殺できれば……人魚族の繁栄は約束されたも同然です！」

「わ、わかったわ。任せるわよイリス。システィーナ王女やアルティナなんかに負けてなるものですか！」

私は静かに闘志を燃やした。

アルスター島は今、海水浴場をオープンしようとしているわ。そこで勝負を仕掛けるのよ。


【カル視点】


「カル・アルスター子爵様に、ごあいさつ申し上げます、ワン。」

帽子を取って、礼儀正しく頭を下げたのは、僕の腰くらいの背丈の犬型獣人たちだった。

彼らはイヌイヌ族といって、正直者であることで有名な種族だ。なにしろ、うれしいと無意識に尻尾（しっぽ）を振ってしまうのだ。

「わざわざ離島までやってきてくださって、ありがとうございます。まずは、おかけください」

「ありがとうございますワン。海竜王を討伐した大英雄様にお会いできて光栄ですワン！」

イヌイヌ族は尻尾を振りながら、目を輝かせている。

どうもお世辞ではなく、本気で僕に好感を持ってくれているようだ。

彼らには竜騎士ローグの紹介で、御用商人になってもらうために来てもらった。元々、ヴァルム家と取り引きしていた商人みたいだ。ヴァルム家が没落してしまったので、今回の話は彼らにとっても渡りに船だったらしい。

「それで買い取っていただきたいのは、この新型回復薬です。【再生竜水（ヒールドラゴンウォーター）】と名付けました」

僕が瓶（びん）に詰めた【再生竜水（ヒールドラゴンウォーター）】をテーブルに置くと、イヌイヌ族たちは興味深そうに見つめた。

ネーミングは魔法名そのままだ。

「新型回復薬のお噂はうかがっておりますワン。エクスポーションを超える効果だとか……それで、これをいかほどで売っていただけますのかワン？」

「まずは100本ほど、無料サンプルとしてお渡しします。実際に使ってみていただいて、本格的な取引はそれからですね」

僕の言葉を聞いたイヌイヌ族は、目を丸くした。

「えっ⁉　これ全部、無料ですかワン⁉」

「この新型回復薬の効能を、大勢の人に知ってもらうのが第一歩ですから。次回から、エクスポーションよりやや高い、一本、５０００ゴールドほどでお取り引きできればと考えているんですが……」

エクスポーションの相場がひとつ約３０００ゴールドなので、妥当なところだと思う。

あまり安くすると回復薬の市場を破壊したとして、エクスポーションの販売元である教会から睨（にら）まれる危険がある。

エクスポーションのような強力な回復魔法を封入した回復薬は、教会が作製方法を独占していた。

「えっ、５０００ゴールド⁉　そんなにお安くて良いんですかワン⁉」

「もし、噂通り失われた手足すら再生する効能があるとしたら、一本10万ゴールドでも買いたいと、お客さんが殺到するハズですワン⁉」

「アルスター子爵様は、無欲すぎますワン⁉」

イヌイヌ族は騒然となった。

えっ？　僕としては、妥当な値段設定のつもりだったのだけど……

この回復薬は、僕が魔法でパパッと作ったものだ。水を入れた瓶に魔法をかけて、おしまい。

ひとつ作るのに10秒もかかっていない。

「正直に申し上げますワン！　ボクたちとしましては、一本、8万ゴールドで買い取らせていただきますので、他の商人には売らないという専属契約を結んでほしいのですワン！」

「はぁ!?」

8万ゴールドとは、想定していた値段の16倍だ。

「さすがに、そんなに高く買い取っていただくのは悪いというか……5000ゴールドで十分ですよ？」

「いいえ、アルスター子爵様！　他の商人に権利を奪われる前に、ぜひ僕たちとの1本8万ゴールドでの独占販売契約を、書面で交わしてほしいですワン！　お願いですワン！」

イヌイヌ族たちは、なんと床に土下座して頼み込んだ。

「そ、その前に、サンプルでの効能テストとかは必要ないんですか!?」

「こちらですでに裏付けは取っていますワン！　カル様は王室直轄領で、この回復薬を使って村人を救いましたワン！」

「助けられた村長と娘さんから、お話を聞いて不覚にも感動してしまいましたワン！」

「すでに、この話は王室直轄領を中心に広まっていますワン！」

なんと先日、レオンから村人を救ったことが噂になっているらしい。

「悠長なことをしていたら、他のライバルに、この金の成る木が取られてしまいますワン！　ビジネスは速度とタイミングが命ですワン！」

イヌイヌ族に必死の形相で見つめられて、僕はタジタジになってしまった。

うーん……

「そ、それじゃ、1本1万ゴールドで、あなた方と専属販売契約を結ぶということで」

100本作るのに30分もかからない。それで100本売れたら、100万ゴールドというのは、いくら何でも破格だと思う。

「ほ、本当ですか、ワン……？」

ゴクリとイヌイヌ族が生唾を飲み込む音が聞こえた。

「はい、本当です」

「ひゃあぁぁああっ！　あ、ありがとうございますワン！　それでは月に100本の【再生竜水(ヒールドラゴンウォーター)】を卸していただくということで、よろしくお願いしますワン！」

おおっ……毎月、確実に100万ゴールドが手に入る収入源をたやすく確保できてしまった。

今後の領地経営に大きなプラスになったけど……こんな楽にお金を稼いでしまって良いのかな？

僕が罪悪感に悩んでいると、イヌイヌ族たちはお互いにハイタッチして笑った。

「くふふっ！　やったワン！　ボロ儲けは確実だワン！」

「アルスター子爵様の御用商人になれたことを神様に感謝だワン！　ボクたちは勝ち組人生、まっしぐらだワン！」

「お礼に今後はカル様のために、ボクたちの商人としての力を最大限、お貸しいたしますワン！　イヌイヌ族は世界中に同胞のネットワークがございますワン！　情報でも物資でも、なんでもお申し付けくださいませワン！」

イヌイヌ族たちは、目をキラキラと輝かせ尻尾をブンブンと振った。

どうやら、彼らは大満足しているようだ。

僕にとってはメリットだらけで、申し訳ないけれど……

「そうだ。実は海水浴場もオープンしたんで、皆さんも遊んでいきませんか？　飲食物を売る屋台なんかも、今後、出店しようと思っているんです」

「海水浴場⁉　もしかしてさらなるビジネスチャンス⁉　よろしくお願いしますワン！」

イヌイヌ族は尻尾を振って、一斉にお辞儀した。

さんさんと降り注ぐ日の光を浴びて、海原がキラキラと輝いている。

砂浜では猫耳少女たちがビーチバレーをし、浅瀬では人魚族の女の子たちが、水を掛け合って黄色い歓声を上げていた。

「ワン⁉　かわいい女の子たちがいっぱい！　ここは楽園ですか、ワン⁉」

それは完全に同意だ。

「えっ、でも、海の魔物の危険があるのに、丸腰で海水浴ですかワン⁉」

「海上に警備の船もいないですワン⁉」

イヌイヌ族たちは、ビックリ仰天していた。海水浴は王族専用の護衛付きプライベートビーチなど、身分が高い者の贅沢だ。

だからこそ、庶民でも楽しめるようにすれば、商売として当たると考えたんだ。

「魔物がこの浜辺に近づく危険はありません。なぜなら……」

「カル様ぁ！　ヤッホー！」

どどぉおおおーん！

突如、海が割れて海竜の背に乗ったティルテュが顔を出した。水飛沫(しぶき)が盛大に降り注ぐ。

「ワン⁉　巨大な海竜だ、わ〜ん⁉」

「あっ、この海竜は僕の配下なので、大丈夫です！」

腰を抜かしてひっくり返えるイヌイヌ族に、慌てて解説する。

「実は海竜王を倒して手に入れた【海竜王の霊薬】の効果で、僕は中級以下の海竜なら無条件で従えられる能力を手に入れたんです。海竜を使って、この島の周囲に魔物が侵入するのを防いでいます」

「そ、それでは、カル様は実質、海竜たちの王様ということではないですかワン⁉」

竜は中級以下が9割なので、そう言えるかもしれない。

「すごぉおおい！　海竜が私の言うことを何でも聞いてくれるなんて、気分爽快だわ！」

ティルテュはすっかりご満悦だった。楽しんでもらえているようで良かった。

そ、それにしても、ティルテュは布地面積の異様に狭い水着姿を着ているな……ちょっと目のやり場に困ってしまう。

僕が赤面して目を逸らすと、ティルテュは何かニマッと笑ったようだった。

「おわっ⁉　とんでもない美少女が海竜の背中に⁉」

「私は人魚族の王女ティルテュよ。あなたたちは？　見ない顔だけど？」

「人魚族の王女様って⁉　はわわ〜、お初にお目にかかりますワン！　ボクたちはイヌイヌ族の商人ですワン！」

「ぜひ、ご贔屓にしてくださいワン。美しいティルテュ様！」

イヌイヌ族たちは目を白黒させながらも、礼儀正しく腰を折る。

「あなたたちが、カル様のおっしゃっていた御用商人候補ね。正直で良いわね！　よしっ、気に入ったわ。私とカル様の結婚式の準備は、あなたたちに依頼してあげる！」

「はわっ⁉　それはビッグニュースですワン！」

「ちょっと！　そんな予定は無いから真に受けないでください！」

僕は泡を食って否定した。なにかティルテュは、ちょっとテンションがおかしい感じがする。

「海竜王の権能を受け継いだカル様は、大海の王と言えるわ！　お父様をはじめとした人魚族すべてが、今や私たちの結婚を望んでいるのよ！」

ティルテュが海竜から飛び降りて、なんと僕に抱きついてきた。彼女の大きな胸が二の腕に当たり、その体温を直に感じて、僕はしどろもどろになってしまう。

「おわっ！　ちょっとティルテュ、近いって！」

「そっ、そ、そんなに恥ずかしがらなくても良いですよ！　わ、私たちは夫婦になるんですからね」

ティルテュは顔を真っ赤にしながら、僕を見つめてくる。

「いや、夫婦って……」

「私はお父様たちから、どうしてもカル様と結婚しなさいと言われて、後に引けなくなっているんです！　私の唇を奪った責任を取ってください！」

「はぁ～っ、人魚姫様、本当におきれいなお方ですワン」

「カル様がうらやましいですワン」

ティルテュの持つ【魅了】の魔力にやられてしまい、イヌイヌ族たちは、ぽわーっとしてしまっていた。

「じゃ、じゃあカル様、これから私と海中デートしましょう！」

今日のティルテュはいつになく強引で積極的だ。その水着姿はあまりにも眩しくて魅力的だし、思わず流されてしまいそうになる。

でも人魚族の王女として僕と政略結婚させられるというのは、ティルテュのことを考えると決して良いことじゃない。

「ティルテュ、駄目だって！　まだ僕はイヌイヌ族との商談が残っているから！」

「こら！　ティルテュよ。カルの邪魔をするでない。離れるのじゃ！」

その時、水着姿のアルティナが駆け寄ってきて、ティルテュを引き剝がした。

ナイスフォローだ。

「アルティナ⁉　カル様は嫌がってなんていないわ！　私の水着姿があまりにも魅力的だから照れているだけよ！　あなたの方こそ、邪魔しないでちょうだい！」

「なぬ⁉　おぬしのその根拠のない自信はどこから湧いてくるのじゃ⁉」

「はぁ⁉　当然でしょう？　お父様は私のことを世界一かわいい、美の女神すら嫉妬する美少女だって、おっしゃってくれているわ！　それにこれは、イリスが用意してくれた勝負服なのよ！」

「それは親の贔屓目じゃろうが⁉　ぬっ？　勝負服とな……？」

アルティナは目を瞬いた。

「って、あの、その……！　とっ、と、とにかく、私はカル様との結婚を義務付けられているの。人魚族の王女として、なんとしてもカル様と結婚しなくてはならないわ！」

「ふん。断られた癖に未練たらたらじゃな。それに、まだ自分の気持ちも言えぬとは臆病者め。人魚族の王女が聞いて呆れるのじゃ！」

「なっ、なんですって……⁉」

ティルテュとアルティナは険悪な雰囲気になる。

マズイ。場の空気を変えるために、僕はイヌイヌ族たちに勢い込んで話しかけた。

「え、えっと、ですね！　このようにこの砂浜は、海竜に守られていて安全です！　ここにホテルや商業施設を建てて、リゾート化できないかと考えているんです」

「それは素敵なご提案ですワン！　【人魚姫の砂浜】とか名前をつけてブランド化して売り出せば、バカ受けしそうですすワン！」

「ぜひ、そのお手伝いをボクたちにさせてほしいですワン！」

イヌイヌ族は尻尾を振りながら叫んだ。

よし、売り込みは大成功だ。

「わはははははぁ！　見目麗しい娘がいるではないか⁉　よし、このボクの供をすることを許してやろう！」

その時、海パン姿の尊大な少年が、ティルテュとアルティナに話しかけてきた。

「はぁ……？　なによ、あなた？」

ティルテュが露骨に不快そうな顔をするも、少年は構わずに続ける。

「ボクはグランツ伯爵の嫡男（ちゃくなん）、ケビン！　1年後に開校される王立魔法学校の特待生候補として、偉大なるカル・アルスター子爵閣下に招かれた男だ！　いずれカル様の右腕として、世界に名を轟かすであろうボクと遊べるなんて、お前たちは実にラッキーだぞ！」

「グランツ伯爵のご嫡男でしたか。魔法の才に優れていらっしゃるということで、顔合わせのために来ていただいたんですよね」

グランツ伯爵家は魔法の名門貴族だ。他の生徒に先駆けて、なるべく早く僕に修行をつけてもらいたいと、彼の父親から頭を下げられた。

システィーナ王女の進める改革には反対勢力も多かったけど、僕が海竜王を倒したことで、風向きが一気に変わってきていた。名門貴族が、いち早く無詠唱魔法を取り入れようとしてくれるのは良い兆候だ。

「なんだ、貴様などに用はない！　控えよ下郎！」

ケビンは僕を不愉快そうに怒鳴りつけた。

えっ……？

「おい、なんじゃと⁉」

アルティナが怒気を膨らませる。

「あなた、今、自分が何をしたかわかっているの⁉　たかが伯爵風情の分際で！　私は人魚族の王女ティルテュよ。カル様の花嫁である私の前で、よくもそんなフザけた口がきけたものね！」

「いや、花嫁じゃないって……」

「おおっ、これは失礼をば……！　人魚族の王女殿下でございましたか⁉　噂に違わぬお美しさ。あなたのような方に想いを寄せられるとは、カル様はやはり偉大なお方だ！」

ケビンはティルテュにキラキラした眼差しを向けると同時に、僕に命令した。

「おい下郎、喉が乾いたぞ！　ボクの好きなオレンジジュースを持って来い！　氷の魔法でキンキンに冷えたヤツだぞ！」

これは、もしかして僕が誰だか、わかっていない……？

「海水でも飲んでおれ」

「ほげぇえええ！」

ケビンはアルティナに海にぶん投げられて、盛大な水柱を上げた。

「ちょっとアルティナ、いくらなんでも、やりすぎじゃないか……？」

「ふん。この手のアホには良い薬じゃ」

「なっ、な、なにをするんだぁ！　ボクが天才魔法使いでなければ、溺れ死んでいたところだぞ！」

ケビンは風の魔法で、空中に飛び出して静止した。

空中静止は魔力のコントロールが難しい魔法だ。僕はちょっと感心してしまった。

「美しい娘だと思って声をかけてやったのに、よくもこのボクに無礼を働いてくれたな⁉　その水着をズタズタに切り裂いて、恥をかかせてやる！」

ケビンは風の魔法を詠唱して、アルティナに撃ち込んだ。これは相手を殺傷するための強力な攻撃魔法だ。

僕はそれを基礎魔法【ウインド】で、かき消す。

「なにぃいいい!?　ボクの魔法が!?　え、詠唱をしなかった？　無詠唱魔法だと!?」

「ケビン・グランツ殿。殺傷力の高い魔法を人に向かって撃つとは、どういうおつもりですか？　相手がアルティナではなかったら、大怪我をしているところですよ」

僕はケビンを睨みつけた。

「アルティナとは……ま、まま、まさか、この娘が冥竜王!?　それに今の魔法は、そうかお前も特待生候補か!?　名門貴族であるボクを差し置いて、先にカル様の指導を受けるなんてズルいぞ！」

ケビンはまだ僕が誰であるかわかっていないようで、トンチンカンなことを言っていた。

特待生とは、僕が直接指導を担当する生徒のことだ。

「ケビン！　こんなところにいたの!?　カル兄様が午後からお会いしてくれるそうだから、上がって正装に着替えて！」

すると妹のシーダが走ってきた。彼女も連日、海水浴を満喫しており水着姿だった。

「おおっ！　シーダ侯爵令嬢ではありませんか!?　相変わらず麗しい！　いよいよカル様にお会いできるとは、光栄の極み！」

ケビンは砂浜に着地すると、僕に威圧的に命令した。

「おい、下郎。道がわからなくなったぞ！　宿まで案内し……ほぐぅううううう⁉」

「このバカぁあ！」

シーダの飛び蹴り(け)を喰(く)らって、ケビンは再び海に没した。

「カル兄様に、なんて口のきき方をするんだ⁉」

「こばぁ！　はぁ？　ま、まさか……この下郎、いや、このお方が……⁉」

海から顔を出したケビンは、驚愕に顔を引きつらせた。

「ええっと、僕がカル・アルスター子爵です。はじめまして。ケビン殿」

「はぁいいいいい⁉　もっ、ももも申し訳ありません！」

砂浜に上がったケビンは、大慌てで僕に土下座した。

「あなた様が、シーダ侯爵令嬢の兄君にして、大英雄カル・アルスター様とはつゆ知らず、ご無礼をいたしましたぁ！　なにとぞ、これよりご指導ご鞭撻のほどを！」

「……残念ですが、人格的に問題がある方を、僕が教える王立魔法学校に入れる訳にはまいりません。入学はお断りしますので、お引き取りください」

僕はきっぱり断った。

ケビンはアルティナを傷つけようとした。それは許せるものではない。

それにこの調子だと在学中に、他の生徒に暴言や暴力を振るうことは目に見えていた。

「なぁっ⁉　そっ、そそそ、そればかりはお許しを！　ボクは父上の期待を一身に背負って……！　魔法の名門グランツ伯爵家の名にかけて、なんとしても無詠唱魔法を習得しなくてはならないんです！」

青ざめたケビンは、ペコペコとスゴい勢いで何度も頭を下げた。

だけど、僕の答えは決まっていた。

「女の子にいきなり攻撃魔法を撃つような方は信用できません。僕の無詠唱魔法を悪用されたらたまりませんので、お引き取り願います」

「ひゃぎゃあああ！　どうか、どうかお許しをぉおおおっ！」

ケビンは泣きながら何度も何度も謝罪した。

だけど、強力な力を信用のできない者に渡すのは、危険極まりないことだ。

僕の教え子がレオンのように味方を撃つような愚行に走ったら、目も当てられない。

王立魔法学校の校長となるからには、生徒は厳選しなければならないと思う。

「さすがはカル兄様！　午後の時間が空いたなら、私にマンツーマンで魔法を教えてよ！ねっ、お願い！」

シーダが僕に密着してきた。

「こら！　おぬし、隙あればカルに抱きつくのは、やめるのじゃ！」

「ちょっと待ちなさいよ！　カル様はこれから私と海中デートするのよ！」

さらに、アルティナとティルテュも僕にひっついてくる。思わず、鼻血が吹き出そうになってしまった。

【聖竜セルビア視点】


私、聖竜セルビアは偉大なる聖竜王様の腹心よ。

……だけど、この前まんまとカルに騙されて敗北し、危うく生き埋めになりそうになったわ。

ドラゴン仲間からは『人間ごときに負けるとは、聖竜のとんだ面汚し(つら)よ』とバカにされるし、聖竜王様からの評価も急降下よ。

くぅううう、今に見ていなさい。

カルの陣営を壊滅させるためにアルスター島に潜り込んで、その情報を丸裸にしてやるんだから。

いくつもの国家を内部から崩壊させてきたこの【白翼の魔女】を侮(あなど)らないことね。

という、訳で……

「あはははは！　ほら！　ミーナ、そっちに行ったわよぉ！」

私は大はしゃぎで飛んできたビーチボールをトスして、猫耳少女ミーナに打ち返した。

ここはアルスター島の砂浜よ。

私は水着姿で、猫耳族の女の子たちと戯れていた。

「にゃーん！　シルヴィアさん、パスですにゃーん！」

「うわっ、とと！　やるわねぇ！」

ビーチボールを砂浜に落としたら負け。というルールで私たちは遊んでいた。

もちろん、本気で楽しんでいる訳ではないわ。バカンス客に溶け込み、敵を油断させるためのフリよフリ！

私は砂金のように輝く自慢の金髪を、銀髪に染めて変装。貴族令嬢の身分を偽り、バカンス客としてアルスター島にやってきた。

名前もシルヴィアと偽名を使ったおかげで、誰も私が恐ろしくも美しい【白翼の魔女】だとは気付いていないわ。

ふふーん、優雅で知的な私は、変装だってお手の物なのよ。

「シルヴィアさんの負けですにゃーん！　ジュース、ゴチになりますにゃん！」

「うん、もうしょうがないわね」

負けたらジュースをおごるという罰ゲーム付きだったので、テンションが上がる。

アルスター島に自生している天然の果物から作ったジュースが、これまた格別に美味しいのよね。

犬型獣人イヌイヌ族が経営している海の家で、みんなで仲良くジュースを買って飲んだ。

「うわっ、キンキンに冷えてますにゃ！」

「きゃぁああ冷たい！」

氷の魔法で冷やされたジュースが、火照った身体に心地良い。

ちなみにお金は、聖竜王様から必要経費として出されるので、私の懐は痛まないわ。

もう最高よね。今までの過酷な任務で溜まった疲労が、洗い流されていくのを感じるわ。

アルスター島のリゾート最高。ステキな場所よね。

ああっ、もう何ヶ月でもここにいたいわ……

「って、はっ……！　つい任務を忘れて楽しんでしまったわ！」

パラソルの下のベンチで、まったりお昼寝をしていた私は我に返った。

「にゃー、にゃー、もうお魚にゃ、食べれませんにゃ……」

隣では猫耳少女ミーナが、ベンチに横たわって、だらしなくグーグー寝ていた。

ここにやってきて、もう5日ほど経っているわ。そ、そろそろ成果を出さないと、マズイわね……

私はここ数日、島を調べて立ち入り禁止区域になっている場所を発見していた。

『立ち入り禁止。魔法の修行エリア。入ったら死にます！　命の保証なし！』

と赤い文字でデカデカと書かれていたけど……

ふんっ、神に近いとされる聖竜である私にとっては、人間の修行場なんて別に危険でも何でもないわ。

迷子になったフリをして、あそこを探索してやるとしましょう。もしかすると、トンデモナイ秘密が隠されているかも。

ふふふっ、暴いてやって聖竜王様にお褒めいただくのよ。

そう思って、私はいそいそと出発した。

「えーっと……ここね」

立ち入り禁止になっている岩場にやってきた。

さすがに、周囲に人はまったくいないわ。魔法の修行というのは、どのあたりでやっているのかしら？

そう思ってキョロキョロしていると……天を覆うような巨大な火の玉が、轟々と音を立てて落ちてきた。

「はっ……？」

あまりに非現実的な光景に、私は一瞬、硬直してしまう。

「おわぁあああ！　なんなんのよぉおお――っ⁉」

あんなモノの直撃を受けたら、し、死ぬわ。

空間転移の発動には、数秒を要する。かといって敵地のど真ん中で、聖竜に変身することもできない。

私は【聖竜盾(ホーリーシールド)】の魔法障壁を多重展開して、必死にガードした。


どどぉおおおおーん！


直後、大爆発(ばくはつ)が起こって、私は木の葉のように吹っ飛ばされる。

「きゃあぁあああぁあッ⁉」

ゴロゴロと岩場を転がった私は、大岩に激突して止まった。

「痛ったたた……水着でなんて来るんじゃなかったわ」

全身がひどく痛む。

私が上位聖竜じゃなかったら、１００％死んでいるわよ。

よく見れば、あたりにはクレーターのような大穴がいくつもできていた。おそらく、今の魔法を放ってできた穴だわ。

地形さえ変えてしまうなんて、なんて非常識な威力なの。

見たことも無い魔法だけど、もしかして、カルのオリジナル魔法かしら……？

「すみません、大丈夫ですか⁉　生きてますか⁉」

すると、飛竜にまたがったカルが私の目の前に降りてきた。

「ここは立ち入り禁止エリアですよ⁉　とにかく、この回復薬を飲んでください！」

一瞬、ギクッとしたけど、カルは私の正体には全く気付いていないようだった。

私の変装は完璧だから、当然ではあるけどね。

「あっ、ありがとうございます……！」

素直に回復薬の小瓶を受け取って、あおる。

ふっ、私が誰とも知らずに、バカなヤツ……

えっ？

そのとたん、手が痺れ、思わず回復薬を地面に落としてしまう。

身体が内側から焼けるような猛烈な痛みが襲ってきた。

「良かった。これは今売り出し中の【再生竜水】の改良版です。どんな生物のどんな怪我でも治しますが、ドラゴンにだけは猛毒になるようにしたんですよ。これを作るには、毒と回復の両方の魔法術式を……」

カルは楽しそうに解説した。

なんですってぇええ⁉

ま、まさかコイツ、私の正体に気付いてこんな手の込んだ攻撃を？

「あれ？　お顔が真っ青ですよ。もしかして、気分が悪いんですか？　おかしいな……」

カルが私の顔を心配そうに覗き込む。

演技だとしたら、大した役者だわ。と、とにかく逃げなくては……！

「わっ、わわわ、わたし！　お腹が痛くて！　お花を摘みに行ってきますぅううぅッ！」

「えっ……？」

トイレに行きたいという美少女にあるまじき理由を告げると、私は脱兎のごとく逃げ出した。

そのまま、草むらに飛び込むと同時に、空間転移で隠れ家まで長距離ワープする。

「くぅううう……！　やってくれたわね！　次を見ていなさい！」

私は究極の回復薬【エリクサー】を棚から取り出して、がぶがぶ一気飲みする。痛みが引いて、ようやく人心地がついた。

それにしても。

「せっかくの私のバカンスがぁあああ！」

私の嘆きが部屋にこだました。


【カル視点】

次の日——

アルスター島の北側はゴツゴツとした岩場が広がっており、僕はここを魔法の修行場にしていた。

「【五頭竜の雷吼】！」

地面に向けて、極太の雷撃を叩き付ける。岩が弾け飛んで、地面に底の見えない大穴が開いた。

「おおっ、すさまじい威力じゃな！」

アルティナが歓声を上げるけど、まだ足りない。

おそらくこの威力では、七大竜王に致命傷を与えることはできない。

残りの竜王に通用する攻撃魔法を、ひとつでも多く習得しておきたかった。

そのために、大気圏外から隕石を召喚して落とす魔法を開発したのだけど、うかつなことに昨日ここに迷い込んだ女の子を巻き込んでしまった。

広範囲を攻撃する魔法は、誤爆が怖いな……

「なぬ⁉」

そんなことを考えていると、アルティナが困惑の声を上げた。僕の魔法によって掘削された地面から、水柱が噴き上がったのだ。

「……って、熱っ⁉　これは、お湯⁉」

僕の顔に水飛沫がかかる。

意外なことに温水であり、周囲にモクモクと湯気が立ち昇った。

「温泉じゃな。そういえば、この島には火山があったのう！　地熱で温められた水脈なのじゃ」

島では水は貴重だ。地下水が得られることは、とてもありがたいけど……

「これは飲み水には使えるのかな……？」

「わらわたち竜にとっては、何も問題ないがの？」

竜なら多少、有毒物質が含まれていても大丈夫だろうけど、人間はそうもいかないので水質検査をする必要がある。

先住民の猫耳族に話を聞いてみようかな……彼らなら温泉について知っているかもしれない。

気がつけば、かなり疲労していたので、腰を下ろして休憩することにする。

「カルよ。疲労回復に効く、蜂蜜水じゃぞ！」

「ありがとう」

アルティナが水筒を渡してくれたので、喉を潤した。程よい甘さが、疲れを癒してくれる。

彼女は他にも、手作りサンドイッチを用意してくれていたので、二人でぱくつく。

「うぉおおお！　こ、これはすばらしい！」

突如、大声が聞こえた。

アルスター島にホテル建設のためにやってきた商人のタクト・ベルトランが、大興奮した様子で走り寄ってきた。

「タクトさん、ここは立ち入り禁止エリアですよ？」

「申し訳ありません！ お叱りは後で受けます！ それより、ご領主殿、ここに温泉宿を建設することをお許しいただけませんか！」

「温泉宿？」

「私の故郷である極東の国は、火山地帯でして。たくさんの温泉が湧いており、健康のために温泉に入る風習が古来からあるのです！」

タクトは興奮した様子で、僕の手を握った。

「ご領主様、これはビッグチャンスです！ 人魚族相手に、温泉は美容に良いと宣伝すれば、美をなによりも重視する人魚たちが大挙してやってきますぞ！ さらにはマグロなどの海の幸を、刺し身にして提供すれば、王国の方々にも喜ばれること請け合いです！ ハハハハハッ！ 大儲けだぁ！」

僕はタクトの言っている意味がわからずに、目を瞬いてしまう。

「温泉にはそんな効果があるんですね……？」

「美容に良いのか？ それは聞き捨てならんのじゃ」

アルティナも身を乗り出した。

「その通り！ 先日、ご領主様はイヌイヌ族と、ポーション売買の契約を交わされたようですが……この温泉利権だけは、他に譲れません！ ぜひとも、我がベルトラン商会と温泉利用について、独占契約を結んでいただけないでしょうか⁉」

タクトのあまりの意気込みに、僕はタジタジになってしまう。

「カルよ。この温泉、なかなか気持ち良いぞ？　疲れが取れて、ホッコリするのじゃ」

アルティナが湧き出た温泉に足首を浸けて、うっとりする。

「それは足湯ですな。冷え性改善やリラックス効果があります。そうか！　足湯、足湯も良いぞぉおお！」

タクトは興奮のあまり、我を忘れた顔になっている。

先日、彼はティルテュと海の宝石【オケアノスの真珠】の売買契約を結ぶことに成功していたけど、それ以上の喜びようだった。

「冥竜王殿、足湯をしながら美味しい料理や飲み物が飲めたら、最高ではないですか？」

「おおっ、それは極楽じゃのう！　おぬし、おもしろいことを考えつくではないか？」

「いえ、これは私の考えではなく、故郷の極東の国に、そういった風習があるのです。足湯カフェなどと呼ばれています！」

「なんじゃと⁉　極東の国の民族、恐るべしじゃな！　やはり、人間を滅ぼしてはいかんのじゃ！」

アルティナはすっかり温泉の虜になっていた。

ふたりのやり取りを聞いて、僕にも温泉をどう活用したら良いのかイメージができた。

確かに、これは繁盛しそうだ。

「わかりました。温泉はタクトさんにお任せするのが、一番良さそうですので、よろしくお願いします」

「ああっ、ありがとうございます！　すぐに作業に入らせていただきます！　やったぞぉおおお！」

こうして、新鮮な刺し身を提供する温泉宿がアルスター島に建設されることになった。

これが海水浴場を上回る大盛況になるとは、僕はこの時、まだ予想だにしていなかった。

※※※

一週間後――

かっぽーん！


湧き出す温泉をためた竹筒が、岩に当たって風流な音を立てる。これが耳にとても心地良い。

「ふぅ〜。古代文明の泡風呂(ふろ)以上の気持ち良さだなぁ……」

僕は完成した露天風呂に肩まで浸かっていた。

空には月と星々がきらめき、絶景だ。

魔法の修行場に隣接して造られたので、修行の後にすぐに温泉に入って疲労を抜くことができる。

「カルよ。今日もがんばったのう！　偉かったのじゃ」

バスタオルを巻いたアルティナが、脱衣場から入ってきた。

アルティナとは寝食を共にする仲だけど、その美しいプロポーションを目の当たりにすると、未だに顔が火照ってしまう。

「ありがとう……アルティナの教え方が上手だからだよ」

「いや、もうカルは自分で新しい魔法を創造する域にまで、到達しておる。もう魔法の腕では、わらわを超えてしまったのじゃ」

アルティナがお湯をかき分けて、僕の隣に座った。

「出会ってまだ二ヶ月あまりだというのに。おぬしの才には、驚かされるばかりじゃな」

「でも、まだまだアルティナの方が強いし。七大竜王の域には到達できていないと思う。無属性の魔法については何も手がかりがないから、まったく使えないしね……」

魔剣グラムの力は、不明な点が多い。

あれから【無の光刃】が出せないか何度か試してみたけど、なぜかうまくいかなかった。

もしかして、何か条件でもあるのだろうか？

これがわからない以上、魔剣グラムの力に頼らず、僕自身の力を七大竜王に対抗できるまで

高める必要がある。

「カルの向上心の高さには、圧倒されるの。いずれおぬしは人の身で竜王を超えると思うが……そんなに焦らなくも良いではないか？」

アルティナは腰に手を当てて、心配そうに僕を見つめた。

「でも、そうならなければ、アルティナを守れないからね」

「……おっ、おぬし、いきなりそのようなことを言うのは反則じゃぞ！　照れるではないか⁉」

アルティナは頬を真っ赤に染めて、後ずさる。

「ま、まぁ、それはうれしいのじゃが。最近のカルは、根を詰めすぎじゃぞ。最初の頃は、魔法を学ぶのが楽しいと笑顔を見せておったが……今は、眉間にしわを寄せることが、多くなったのじゃ」

「そうかな……」

魔法を学ぶのは今でも、とても楽しいのだけど……

思えば、ここにやってきたばかりの頃と違って、アルスター子爵家の当主となったことで、責任も増している。

アルティナだけでなく、猫耳族やティルテュ、シーダ、この島にやってきてくれたみんなを守らなければならないし……

強さを得るために焦りが生まれているのは、事実だった。

「アルスター子爵家は、今やハイドランド王国に無くてはならない存在。その期待に応えようとするのは、わかるのじゃが……わらわも冥竜王としての力を取り戻したのじゃ。ひとりで、がんばらずとも良い。わらわがいくらでも、カルのために力を貸してやるからの」

アルティナが、僕の手をやさしく握ってくれた。

「なにより、魔法は楽しんで学んだ方が良いのじゃ。わらわは母様にそう教わった。カルはまだ子供じゃろ？　無理をせず楽しくやるのじゃ。その方が、わらわも楽しいのじゃ。そもそも、人生は楽しんでナンボなのじゃぞ！」

「ありがとう、アルティナ……その通りだね」

どうやら、気付かないうちにアルティナにかなり心配をかけてしまっていたらしい。

「うむ。この温泉を作ったのは英断だったと思うぞ。肩の力を抜いて、ゆっくり休むのじゃ。良いか？　休むのも修行のうちと心得よ」

「休むのも修行のうちか……」

思えば実家にいた頃、なかなか成果が出なかったのは、がんばりすぎて視野狭窄になっていたからかも知れない。

「アルティナはやっぱり最高の先生だ。自分では気付けないことを気付かせてくれる。ありがとう」

「礼を言うのは、わらわの方じゃぞ」

アルティナは頭を振って笑みを浮かべる。

「わらはずっと、この隠れ家にひとりでおった。小説があれば退屈せぬと思っておったが……世界はどんどん色褪せていった。じゃが、カルに出会ってから毎日が愉快じゃ。これほど楽しい日々がやってくるとは、思っておらなんだぞ」

「……それは、僕も同じだ。アルティナと出会ってから、世界は輝き始めた」

僕とアルティナは似た者同士なのだと思う。

ひとりでは輝けない。

ふたりで力を合わせてこそ、僕たちは本領を発揮できるのだと思う。

「ぬはっ⁉　おぬし、え、ええい。愛おしすぎるぞぉッ！」

アルティナは感極まったように、僕を強く抱きしめた。大きな胸の弾力を感じて、僕はドキリとしてしまう。

「う、うむ！　せっかくふたりきりだし、わらわが背中を洗ってやるのじゃ」

「よし、背中の流しっこをしようか」

思えば最近、忙しすぎて修行の時以外はふたりきりになれる時間が無かったな。その修行にも、シーダが混ざることがあったし……ゆっくりアルティナと語らうのは久しぶりだった。

洗い場にふたりで出る。

すると、アルティナが石鹸を踏んづけて転び、僕を押し倒した。

「ぬぎゃ……っ⁉」

アルティナは小柄だけど、竜の化身なので僕よりはるかに力がある。僕はしたたかに、床に背中を打ち付けてしまった。

「あいてて……！」

見ればアルティナの美貌が、唇が触れそうなくらい近くにあった。否が応でも、意識してしまう。

「ちょっ⁉　きゃあああああっ⁉」

その時、甲高い女の子の悲鳴と一緒に、背後で盛大な湯柱が上がった。

「その声は、ティルテュ⁉」

僕たちは慌てて跳ね起きる。

どうやら温泉に隣接して建てられた宿の2階から、ティルテュが落ちてきたらしい。魔法を使った工法で、かなり早く宿が完成していた。

「ぶはっ⁉　死ぬかと思ったじゃない、何をするのよイリス⁉」

「いえ、妨害は成功ですティルテュ様！」

お湯から顔を出して怒鳴るティルテュの隣に、イリスも飛び降りてきた。

「ティルテュ様、システィーナ王女が王立魔法学校の建設のために、この島にやってくるそうです。その隠れた狙いは明らか……もはや一刻の猶予もありません！　ここは先手必勝の押せ押せです！」

「って、イリスは、何を言っているんだ？」

見れば二人とも、浴衣姿だった。濡れた服から肌が透けて見えて、艶めかしい……

「ええい、おぬしら。せっかくのカルとの時間を邪魔しおって！　今はタクトの接待を受けていたのではないのか⁉」

人魚族に温泉宿を宣伝するために、ティルテュとイリスにサービスを体験してもらっていた。

確か今は、夕飯の時間の筈だけど。

「押せ押せって⁉　入浴中に突撃なんてしたら、カル様に嫌われちゃうでしょう！　これじゃ、私が変態みたいじゃない⁉」

ティルテュがイリスに喰ってかかる。

「もうよいから、ふたりとも出て行くのじゃ！　わらわはこれから、カルとふたりで背中の流しっこをするのじゃぞ」

「えっ、うらやましい……っ！」

「それでは、ぜひティルテュ様も混ぜてください！」

堂々と答えるイリスに、僕は言葉を失った。

「なっ？　まさかティルテュがここで裸になると？」

ティルテュはとても魅力的な女の子なので、そんなことをされたら困ってしまう。

「はっ、カル様、その通りでございます。さっ、ティルテュ様！」

「イリス、やりすぎよ！　ほらっ、カル様がドン引きしちゃっているじゃないの⁉」

ティルテュは顔を茹でダコのようにして、全力で後ずさる。

「お、おぬしら、何がしたいのじゃ？　さっきから訳がわからぬぞ」

アルティナが呆れ果てた。

「無論、カル様とティルテュ様に結婚していただきたいのです！」

「ぶっ⁉　え、えっと。ティルテュ王女との婚姻は、正式にお断りしたハズですが？」

「はぅうう⁉　改めてカル様の口から聞かされると、心に猛烈なダメージが……⁉」

ティルテュは心臓の辺りを押さえてうずくまった。

「それは承知しておりますが、恋人としてお付き合いする分には何の問題も無いハズです。どうかカル様、本日はティルテュ様と、チューまで進んでいただけると、望外の喜びでございます！」

イリスは片膝をつきながらトンデモナイことを口走った。

「チューですって⁉　ダメ、想像しただけで心臓がおごぉ⁉」

ティルテュは意外とウブみたいで、悶絶していた。

「いや、イリス。ティルテュの意思を無視して、さすがにソレは……」

「私の意思⁉　ソ、ソレは、もちろんカル様と……ッ！」

「すでにお二人は口付けを交わした仲だとお聞きしました。ティルテュ様が自慢気に話しておりましたが……？　なにか、問題がありましょうか？」

「わわわっ⁉　ちょっとイリス、あなたねぇ⁉」

ティルテュがイリスの口を慌てて塞ぐ。

「問題大有りじゃ！　え～い！　おぬしら、とにかく出ていくのじゃ。カルに手出しなど、させぬぞ！　不埒者な人魚どもめ！」

アルティナが僕を守るように立ち塞がった。

「カル様との結婚はティルテュ様たっての希望……あっ、ではなく、人魚族の未来を決定する一大事です！　不肖、このイリス、たとえ冥竜王殿が相手であっても、騎士として絶対に退けません！」

「いや、退きなさいよぉおおお⁉」

イリスの周りの湯が、渦を巻き出す。これは【水流操作】の魔法か。

「ほう、人魚ごときが、わらわをどうこうできると思ったか？　竜の巣に踏み入った者がどうなるか、知らぬと見えるな」

アルティナも威圧するように、魔力を解放した。バチバチと水面を雷光が走る。

「水場は人魚の独壇場だと思うておるなら、思い違いじゃぞ」

「いや、この温泉宿を壊されたら、大損害だって……」

僕は【聖竜鎖(ホーリーチェーン)】の魔法で、アルティナとイリスを拘束した。

地面から伸びる光の鎖が、ふたりの身体に絡(から)みついて魔力を霧散させる。

「なっ！　これは、身動きできないだけでなく、まったく魔法が使えません⁉」

「ぬっ。わらわまで。少々、戯れようと思っただけじゃぞ？」

アルティナは不満そうだけど、遊びでここを破壊されてはたまらない。タクトも泣くだろう。

「こ、このふたりを同時に動けなくするなんて、さすがはカル様！」

「さすがです！　ますますティルテュ様のお相手はカル様しかいないと、確信いたしました！」

イリスは目を光らせた。

ちょっと厄介(やっかい)な娘に目をつけられてしまったかもしれない。

「……ところでティルテュ、夕飯の刺し身はどうだった？　人魚族にも好評だと、ありがたいんだけど」

僕は話題を変えることにする。

「あっ、そうそう。夕飯のお刺身尽くし、最高でしたよ！　新鮮な魚介がいっぱい！」

「醬油とワサビにつけて食べる魚というのは、格別でしたね、ティルテュ様！」

「あれは極東の料理じゃったな。思い出しただけで、ヨダレが出るのじゃ」

3人の少女たちから、一斉に賞賛の声が上がった。

生の魚を食べるというのは、最初は抵抗があったけど僕も刺し身の旨さには驚かされた。

魚料理にうるさい人魚族から絶賛されるのであれば、成功は間違いなしだろう。

「それじゃ。温泉から上がって、みんなで刺し身を食べるというので、どうかな？」

「おおっ！　賛成なのじゃ！」

「それは魅力的な提案ですね。カル様、ぜひティルテュ様と同じ席で。私がお酌をさせていただきます！」

「カル様と同席できるなんて幸せだわ！」

「ぬっ。カルの隣は、わらわの特等席じゃぞ！」

みんなが賛同してくれたので、僕らは温泉から上がって座敷に移動した。

そこで刺し身料理に舌鼓を打った。

賑やかで楽しいひとときが、あっという間に過ぎていった。

エピローグ

1年後――

今日はアルスター王立魔法学校の入学式だ。

ハイランド王国だけでなく、人魚の国オケアノスや隣国からも生徒がやってきていた。

僕は続々と集まってくる少年少女を丘の上から眺めていた。緊張した面持ちの子もいるが、皆が夢と希望に胸を膨らませている。

システィーナ王女は無詠唱魔法を他国にも広めることで、連帯して聖竜王と戦っていくことを選んだのだ。

「カル兄様の無詠唱魔法を他国との同盟作りのために活用するなんて、システィーナ王女は、やっぱりやり手だよね」

シーダが感心した様子でうなずく。

1年で見違えるほど美しく成長した妹は、教壇に立つことになっている。シーダはすでに僕の手解き(てほど)きで、無詠唱魔法を習得していた。

「それにしても、感慨深いのじゃ。何も無かったこの島が、今や世界中から注目されておるのじゃからな」

　アルティナがしみじみと告げた。

「アルティナと出会ったばかりの時は、ここは竜に支配された危険な無人島だったからね」

　僕は苦笑する。

　今、この島は海竜に守られた世界一安全な場所になっていた。

　浜辺は海水浴客で賑わい、温泉宿も繁盛し、回復薬のメッカとしても知られるようになっている。

「そうじゃカルよ。次はここに図書館を建てぬか⁉　一生引きこもっていられるようなドデカイ奴（やつ）が良いのじゃ！」

「なるほど。魔導書の蔵書も増えてきたし……それらを整理して置いておける場所は、必要だね」

　僕は魔法の研究のために、ここ1年でかなりの魔導書を集めていた。そろそろ置き場所に困ってきている。

　魔法学校のためにも、図書館は有用だろう。

「そうじゃ！　わらわの好きな小説をいっぱい買い込んで、生徒たちにも読ませてやるのじゃ！　くふふっ、同志がたくさんできるとうれしいのう」

　アルティナは欲望全開だった。

「カル兄様！　私は家族で過ごせるプライベートビーチが欲しいよ！　海水浴場でルーク（飛竜）と遊んでいるとクレームが来るんだよね」

　シーダも欲望全開だった。

「さすがに、プライベートビーチなんて造る土地も予算も無いから却下」

【再生竜水（ヒールドラゴンウォーター）】を売ったお金があるけど、魔法の研究に湯水の如（ごと）く使ってしまっているので余裕がなかった。魔導書や魔法のアイテムなどは、とにかく値が張るんだ。

「ええっ！　カル兄様と二人っきりで過ごせる場所は、絶対に必要だと思うのに」

　シーダは僕に甘えたようにハグしてくる。

「おいシーダよ！　そろそろ兄離れせぬか⁉　おぬしはもう14歳じゃろう？」

「私とカル兄様は、兄妹以上の関係なんだから、当然だよね」

「はぁっ？　なんじゃ、それは⁉」

　妹に好かれるのはうれしいのだけど、ちょっとベタベタしすぎだと思う。シーダの周囲には、ハートマークが飛んでいた。

「カル殿、こちらにいらしたのですね！　そろそろ入学式が始まりますよ！」

　学校の理事長を務めるシスティーナ王女が、手を振りながら丘を登ってきた。

　16歳になった彼女は、輝くような美貌にさらに磨きがかかっている。

「あっ、あそこにおわすのは、カル様ではないか⁉」

「きゃあああああ！　本物のアルスター子爵閣下よ！」

「ああっ！　俺、カル様のようになりたくて、ここに来ました！」

「大英雄カル・アルスター様、ばんざい！」

僕の存在に気付いた生徒たちが、殺到してきた。

こ、これは困ったな……

僕は入学式の最後に顔を出して、祝辞を述べる予定だった。

人に囲まれて必要以上に騒がれるのは好きではない。

「カル殿。せっかくですから、何かお言葉を彼らにかけてあげていただけませんか？　皆さん、カル殿に憧れてこの学び舎に来たのです。主役が最後に登場というのは、焦らしすぎですわ」

「王女殿下、そうですね……」

僕が何か話すのを、みんなが固唾を呑んで見守る。

「僕も1年ほど前に、皆さんと同じようにこの島にやってきました。僕の場合は家族に捨てられたからですが、結果的にアルティナという大切な人と出会って、彼女を救うために強くなれました。どうか皆さんも、ここでかけがえのない友人や恋人に出会えることを願っています」

「おおおおぅっ……カルよ。大衆の面前で照れるではないか⁉」

アルティナが頬を真っ赤に染めた。

「ぐぅううっ。これは妬ける！」

何やらシーダが悔しがっている。

「カ、カル殿。わたくしもカル殿の大切な人ですよね？　そうですわよね⁉」

システィーナ王女が、なぜか切羽詰まった様子で尋ねてきた。

「もちろん、王女殿下も僕にとって、大切なお方です」

だけど……

僕がどん底に落とされた時に、光をくれた女の子。アルティナは僕の中で、ひときわ大きな存在だった。

彼女と一緒なら、僕はどんな高みにも上れそうな気がする。

「では、僕はこの後、まだアルティナと魔法の修行がありますので！　入学式の最後にまた顔を見せます！」

僕は飛竜アレキサンダーを呼んだ。

尊敬と崇拝の視線に晒(さら)され続けるのは居心地が悪いので、逃げの一手だ。

「あっ！　お待ちになってくださいカル殿！」

上空で待機していた飛竜アレキサンダーが、うれしそうに僕の目の前に降りてきた。

「じゃあ、行こうかアルティナ！」

「うむ！」

僕たちは、飛竜に乗って大空に飛び立った。

※※※

やがてカルが校長を務めるアルスター王立魔法学校は、世界最高峰の魔法の名門として名を轟かすことになる。

あとがき

お久しぶりです。作者のこはるんるんです。

あとがきを読まれている方、１巻に続いて、２巻をお手に取っていただき、ありがとうございます！

まだ１巻をお読みでない方は、ぜひ１巻も読んでいただけるとありがたいです。

今回、ＷＥＢ版を読まれた方にもお楽しみいただけるようＷＥＢ版には登場しない新キャラも追加して、４万文字以上を加筆しました。

２巻からの新キャラは、イリスもセルビアもかなりコメディっぽいキャラになっています。

といってもセルビアは、いたって大真面目にがんばっています。

本人は知略に長けた大物のつもりなのですが、運というか、めぐり合わせが悪くて、こうなってしまいました。

敵を滅ぼそうと思ったら、内通者を作り出すのは、かなり有効な戦法だと思うのですが……本編未読な方は、セルビアがどうなったか、ぜひご覧になってください。

ところで、実は私は動物が好きなもので、動物園や動物カフェに行って、ひよこやハムスターに餌をあげています。

先日、ビーバーの赤ちゃんが動物園で生まれたとニュースで知って、見に行きました。親のマネをしてヨチヨチ泳ぐ姿が、かわいかったです。

ただ、このビーバーという生き物、子供であったとしても意外と賢いらしいです。自然界では、敵が来たと嘘をついて大人を追い払い、餌を自分だけの物する姿が観察されています。

2巻のテーマは、親子の絆と父を超えるという点にあったのですが、子供に知性で上回られるというのは、動物の世界でも意外とあることなのだなと思いました。

親にとっては子供の成長は喜ばしいことなのでしょうけどね。

それでは、またお会いできることを願いつつ。

ファンレター、作品の
ご感想をお待ちしています

〈あて先〉

〒106－0032
東京都港区六本木2－4－5
ＳＢクリエイティブ(株)
ＧＡ文庫編集部 気付

「こはるんるん先生」係
「ぷきゅのすけ先生」係

本書に関するご意見・ご感想は
右の QR コードよりお寄せください。

※アクセスの際や登録時に発生する通信費等はご負担ください。

https://ga.sbcr.jp/

竜王に拾われて魔法を極めた少年、追放を言い渡した家族の前でうっかり無双してしまう2
～兄上たちが僕の仲間を攻撃するなら、徹底的にやり返します～

発　行　　2023年8月31日　初版第一刷発行
著　者　　こはるんるん
発行人　　小川　淳

発行所　　SBクリエイティブ株式会社
〒106－0032
東京都港区六本木2－4－5
電話　03－5549－1201
03－5549－1167（編集）

装　丁　　atd inc.

印刷・製本　中央精版印刷株式会社

ISBN978-4-8156-1837-7
Printed in Japan　　GA文庫

GA文庫大賞
大賞
第15回
試読版は
こちら!

試読版は
こちら!

第16回 GA文庫大賞
GA文庫では10代~20代のライトノベル読者に向けた
魅力溢れるエンターテインメント作品を募集します！
物語が、華ひらく。
イラスト／風花風花
大賞賞金300万円+コミカライズ確約！
◆募集内容◆
広義のエンターテインメント小説（ファンタジー、ラブコメ、学園など）で、日本語で書かれた未発表のオリジナル作品を募集します。希望者全員に評価シートを送付します。
※入賞作は当社にて刊行いたします　詳しくは募集要項をご確認下さい
リニューアルで選考課程を一新!!!
応募の詳細はGA文庫公式ホームページにて
https://ga.sbcr.jp/